九歌一一一年童話選

解封想像　輕旅行啟程吧！

悠遊——「魔奇心宇宙」

張桂娥　主編

九歌童話選

III

年度推薦童話

魔法老師古莫華

王文華

九歌111年
年度推薦童話
推薦語

主編張桂娥：

一一一年上半年疫情反撲，校園生活在實體教室與網路空間中呈現迥然迥異的光景，而師生關係也在真實環境與虛擬情境間發展出另類平衡的新面貌。下半年疫情趨緩，孩子們告別網課e學園生活，迎接新學期走進教室開封後疫情時代的校園新生活，期待講台上的老師們施展魔法，讓自己變成循規蹈矩又認真好學的學生。〈魔法老師古莫華〉就在最被需要、最被期待的時間點神奇的出現了，渴望與實體教師近距離互動的孩子們，瞬間融入故事情境，以同班同學視角，見證古莫華老師如何施展魔法收服失控的「怪獸」學生阿搞（小主編們破解魔法其實是——耐心陪伴與愛心教導——歷「古」彌新的教學法，循循善誘潛移「默化」學生）。而作為故事舞台的「校園」、「教室」原本是學童們最熟悉的生活場域，在疫情期間變成近在咫尺卻遙不可及的夢幻學習殿堂，這也是讓懷念校園生活的小主編們回味無窮，一致推薦的要素之一吧。

111年童話選

目錄

魔奇心旅·奇航號　遨遊星宇宙

1 宇宙睡獸——王昭偉 7

2 月亮妖精——王家珍 19

3 四瞳，我的喵星人——山鷹 45

魔奇心旅·漂航號　謎遊物宇宙

4 斑馬線找斑馬——巫佳蓮 91

5 垃圾場裡的字典哥——林哲璋 103

魔奇心旅・導航號　悠遊心宇宙

6 拜託拜託土地公——童　言　113

7 魔法老師古莫華——王文華　125

小主編的話

閱讀童話的挑戰與樂趣——游愷濬　145

與夥伴共讀童話的難忘回憶——林昀臻　149

讓我「認識自己」的好童話——阮亮介　153

附錄

年度童話選紀事——謝鴻文　整理　157

魔奇心旅·奇航號

遨遊星宇宙

宇宙睡獸

王昭偉

插畫／吳嘉鴻

作者簡介

雖然出生在冷冷的寒夜裡，卻期許自己的作品要有暖暖的溫度。總是用心觀察自然界的大小事，並將這些觀察結果，幻化為一篇篇充滿趣味的故事，希望孩子們在閱讀後，心中也能蕩漾出同樣美麗的漣漪。

童話觀

「趣味」和「想像力」是童話的雙翼，它能帶領兒童們飛越夢想與現實間的高牆，將夢想裡的海市蜃樓，化為真實世界中追求未來幸福的珍貴藍圖。

清晨，一艘外觀閃著七彩燈光的飛碟，緩緩降落在悠悠廣場上。警察接獲許多民眾的通報，立刻將整個廣場淨空，並從遠處拉起了一條封鎖線。

在這之前，除了附近的居民，根本沒有幾個外地人知道悠悠廣場的存在。不過從此刻起，它已經成了地球上最爆紅的地點。

「人類史上最大的新聞——外星人來了！」各家新聞媒體、報社記者全擠在悠悠廣場的封鎖線外，想要一探究竟。

「我想本世紀再也不會出現比『外星人來了』還要更大的新聞！」「誇口新聞網」的主播對著直播鏡頭興奮的說著自己的看法。

廣場很大，只停了一艘體型不大的小飛碟，所以仍然顯得非常空曠，再加上飛碟遲遲沒有動靜，「誇口新聞網」的主播不知道該如何繼續報導下去，所以只能在新聞中胡亂猜測飛碟出現的理由。

過了一天，夜空中又出現了大量的光點，一艘艘外觀各異的飛碟出現在廣場的上空！

幾分鐘後，悠悠廣場停滿了來自各個星球的飛碟。原本空曠的悠悠廣場，現在成了擁擠的停「碟」場。

九十九架飛碟裡出來了各式各樣長相不同的外星人，人類也只能硬著頭皮派出代表，試圖了解這些外星訪客來地球的目的。

「不得了！人類史上最大的新聞——悠悠廣場停滿了九十九架來自不同星球的飛碟！我想永遠再也不會出現比這更重大的新聞了！」「誇口新聞網」的主播對著直播鏡頭尷尬的說著。

「誇口新聞網」的主播這次很篤定，「永遠」都不可能再出現比「全宇宙的外星高等生物『同時』來拜訪地球」更令人震驚的新聞。

但是浩瀚的宇宙間，沒有什麼是絕對不可能發生的事！

因為外星人帶來了一個壞消息——宇宙快要滅亡了！

「誇口新聞網」的主播又猜錯了，「宇宙快要滅亡」這則新聞遠比「全宇宙的外星高等生物『同時』來拜訪地球」更令人震驚，而且還嚇壞了所有的人！「宇宙快要滅亡了，這些外星人不但不趕快逃命，還全數出動前來通知地球人，這樣的情誼太令人感動了！」「誇口新聞網」的主播含著眼淚肯定外星人對人類的堅定情誼。

但是「誇口新聞網」的主播又猜錯了！因為外星人不是來通知地球人逃難的，而是來尋找「宇宙救星」的！

宇宙救星？不可能吧！科技發達的外星人都救不了宇宙，地球人怎麼可能？

但是在外星人的眼中，地球的確是宇宙的最後希望！因為在來地球之前，外星人已經遍尋過所有高等智慧的外星人，卻仍然找不到「宇宙救星」，所以只能來找地球人！

外星人告訴地球代表：「我們存在的宇宙竟然只是一隻宇宙睡獸的夢境！而且這隻沉睡一百多億年的睡獸即將醒來！如果牠醒來，我們的宇宙就會從牠的夢境中瓦解消失！」

「什麼？整個宇宙竟然只是一隻宇宙睡獸的夢境！」「誇口新聞網」的主播這次學乖了，他再也不敢說這是最大、最令人震驚的新聞。

天狼星系的外星科學家是第一個發現這件事的，他們急忙通知全宇宙的其他高等生物這個壞消息。

他們還發明了「甦醒偵測器」，時時刻刻偵測著宇宙睡獸何時將會甦醒。所有的外星人商量的結果，只剩一個方法——就是讓這頭即將甦醒的宇宙睡獸繼續沉睡下去，這樣宇宙才不會消失！

於是參宿星和織女星的科學家們聯手發明了一種「聲控電波機」，可以發射出連結宇宙睡獸腦波的超級電波。

但是什麼樣的聲音轉換成的超級電波才能催眠這頭宇宙睡獸？外星人們能想到的聲音全試過了，但是全部都無效！

「甦醒偵測器」上的指數日日飆高，一旦超過甦醒值，宇宙睡獸就會甦醒過來，所以高等的外星人們只能到「落後」的地球尋找最後的希望。

人類立刻找了最有名的催眠師，在「聲控電波機」前講了一堆催眠人的話，但是睡獸的甦醒指數不降反增，不過卻有好幾個外星人被催眠成功，倒在地上呼呼大睡起來。

人類又找了一位知名歌手，對著「聲控電波機」唱起了搖籃曲，但是依然不管用，甚至還吵醒了一個剛被催眠沉睡的外星人。

沒關係！還有一招，那就是數羊！

人類找來了飼養最多羊的牧羊人對著「聲控電波機」來數羊。

「一隻羊、兩隻羊……」牧羊人開始專心數著羊。

當羊數到一萬零一隻時，因為實在太無聊，牧羊人竟然數到自己呼呼大睡起來，最後只能被其他人抬走了，但是宇宙睡獸的甦醒指數卻依舊持續上升。

這下子糟糕了！還有什麼催眠的好方法？

「誇口新聞網」的主播透過新聞網，廣招地球上能夠催眠他人的高手前來嘗試。

心理學家、魔術師一一上陣，還來了一位數學教授，他號稱意志力再堅強的學生，只要一遇到他教的數學課，一個個都會乖乖進入夢鄉……

報名的人數很踴躍，各種奇怪的催眠方法也一一出籠，可是最後都失敗了！

正當所有人都快要放棄的時候，來了一位年輕的婦人，她抱著一個可愛的小嬰兒，在「聲控電波機」前一邊輕拍著小嬰兒的屁股，一邊唱著搖籃曲。

不一會兒小嬰兒睡著了，「甦醒偵測器」上的甦醒指數也開始快速下降，不一會兒就降到深沉熟睡的指標區。

真是不可思議啊！一位平凡無奇的媽媽竟然成功的讓宇宙睡獸再次陷入沉睡！

經過外星科學家的確認，宇宙睡獸至少還會再沉睡三億年，因此整個宇宙的高等生物還有很漫長的時間可以研發新的催眠技術。

歌手唱的搖籃曲雖然柔和又甜美，卻不是為了要安撫小寶寶入睡而唱的，只有真正的媽媽對著自己的小寶貝唱的搖籃曲，才能帶來平靜與撫慰的功能，讓宇宙睡獸在夢境中繼續安安穩穩的沉睡。

「人類史上最大的新聞——一個母親的搖籃曲竟然拯救了全宇宙！」這一次「誇口新聞網」的主播總算下了正確的評語。

「人類拯救了宇宙」這件事上了所有外星人的新聞，當然還有「誇口新聞網」的主播，也意外的紅遍了全宇宙。

本文榮獲二〇二二年第十屆台中文學獎童話類第一名

編委的話

・游愷濬：

為了讓宇宙睡獸繼續沉睡，人類把所有能夠助眠的方法通通用上了，竟然無法發揮功用。最終是媽媽的搖籃曲讓宇宙睡獸繼續沉睡，拯救了全宇宙，原來媽媽才是全宇宙最厲害的狠角色！

・林昀臻：

我們一直以來生存的世界其實是個宇宙睡獸的夢境？當這隻怪獸清醒時人類即將消失？明知道這些設定皆非現實，卻令人看了不由得緊張起來呢！帶孩子唱歌的婦人意外達成「哄怪獸睡覺」的任務，她成功催眠怪獸的理由深深打動了我，我很喜歡。

・阮亮介：

這篇童話真是太酷了！從題目開始到外星人入侵地球、沉睡一百多億年的睡獸將要醒來、星球科學家發明「甦醒偵測器」和「聲控電波機」，充滿讓小孩子熱血沸騰的宇宙大決戰氛圍！然後結局一轉，要讓宇宙睡獸重回夢鄉居然如此簡單！我常哄弟弟睡覺，也許我也可以讓宇宙睡獸睡著？誰知道呢，畢竟「浩瀚的宇宙間，沒有什麼是絕對不可能發生的事」！

• **張桂娥：**

這篇充滿科幻故事氛圍的童話，從開頭便堆疊了無數華麗誇張的語詞加上連番上陣的酷炫高科技產品，讓人眼花撩亂，無法移開眼睛；宛如電光石火般的聲光音效配上快節奏變換的故事場景，讓讀者歷經幾趟驚心動魄的宇宙奇航之後，在新手媽媽寧靜安詳的柔美搖籃曲聲中，迎來超乎人類想像的意外完美結局，然後整個故事就結束了！一篇不到二千五百字的迷你極短篇童話，作者發揮創意讓文字展現非凡動力，如太空船艦般領航讀者遨遊星宇宙，真是過癮啊！

月亮妖精

王家珍

插畫／李月玲

作者簡介

很久很久以前出生於澎湖馬公，從小就喜歡看書、聽故事。遇見愛聽故事的月亮妖精後，從聽故事的人變成說故事的人。絞盡腦汁把想像力變成文字，努力編織好故事。〈月亮妖精〉除了收錄在《孩子王老虎》裡，也藏在我心裡。

童 話 觀

月亮妖精每天都吵著要聽故事。他很挑剔。他說，故事一定要有趣，情節必須豐富有轉折，還得加上滿滿的愛與關懷。每一天，我寫下的每一個字，都是為了滿足他。

童話森林西南角的願望懸崖底下，有個夢狐狸小鎮，鎮上有個叫做幼葦的小女孩。

幼葦從懂事開始，每天晚上都做夢，白天玩得特別暢快的夜晚，她就會作惡夢。

惡夢中，幼葦總會來到一塊印第安人掌管的玉米田，迷失在高大的玉米叢中。玉米叢中有好多小精靈。小精靈告訴過她，玉米田裡有鬼，她得非常小心，否則會被鬼捉走，一輩子都不能回家。

幼葦看過臉上長滿大鬍子的、身材高大長相凶惡的鬼，在玉米田裡亂跑，她嚇得發抖。好恐怖的鬼啊！幸好她擅長玩躲迷藏，躲在高大茂密的玉米叢中，發抖著、哭泣著。

同樣的惡夢持續著，幼葦也愈來愈老練。她把玉米田的地理位置摸得一清二楚，只要一走進惡夢，就會快速跑到熟悉的躲藏處，把自己藏好，看著凶惡的鬼在田裡亂跑，從她身旁呼嘯而過。

經驗豐富的幼葦變成「馴夢師」，就算是對付新奇的惡夢也很有一套。

當她看見餐桌上的小魷魚騰空變成碩大的魷魚鬼，扭曲的腕足上布滿吸盤，每個吸盤裡都長滿了銳利的金牙，張牙舞爪的魷魚鬼一步步朝她逼近……

幼葦一點也不害怕，她掏出口袋裡的小魚乾，把小魚乾一隻一隻丟到嘴裡，細細咀嚼，發出喀嗤、喀嗤的聲響。

鬼嚇你，你不怕，本來想嚇人的鬼就會感到恐懼。

那幾隻魷魚鬼瞬間變成專業舞蹈團，一來一往跳起了探戈舞，只為她一個人表演。

等到她看膩了魷魚鬼的表演，便伸出左腳，絆倒最前頭的魷魚鬼，其他幾隻魷魚鬼反應不及，劈哩噗嚕、唏哩嘩啦，通通跌了個「魷魚大馬趴」。

像極了烤盤上堆疊成山的碳烤魷魚串！

對幼葦而言，這些恐怖的惡夢，已經變成習以為常的恐怖電影，一點也嚇不倒她。當她看「清」惡夢的把戲，也就看「輕」惡夢的影響力！

月亮妖精的傳說

有一年中秋節，幼葦聽媽媽說了月亮妖精割人耳朵的故事。

傳說，月亮上住著月亮妖精，身上長著長長的黃毛，額頭上有兩根黑色犄角。月亮妖精脾氣古怪，只要有人用手指頭指月亮，他們就認為是在罵他們。月亮妖精不喜歡有人罵他們，對付這些人，最簡單的方法就是割他們的耳朵。

月亮妖精高舉著月彎刀，從月亮上飛下來，左腳上的六個小鈴鐺，叮鈴叮鈴響著，飛到指月亮的人身邊，在人的左耳朵割出一道淺淺的傷痕，留下只有月亮妖精才看得到的記號。

當這個人的左耳上有六道記號，他的左耳就會變成亮晃晃的月彎刀，而他也會被迫成為月亮妖精的手下。

媽媽說，月亮妖精很恐怖、心腸很壞，專門對付指月亮的壞小孩。哥哥和妹妹們看起來都很怕月亮妖精，幼葦卻不怕，月亮妖精再怎麼可怕，也不會比她惡夢中的鬼可怕！

月圓的晚上，幼葦趴在閣樓長窗戶的窗台，盯著月亮看，又大又明亮的月亮，有一些黑色陰影，不過那不像月亮妖精，一點都不像。

看不見的事，就不存在，幼葦不相信月亮上真的有月亮妖精。但她也不想真的用手指頭指月亮。狡猾的月亮妖精可能隱形起來，躲在暗處等著她指月亮。一旦她伸手指月亮，月亮妖精就會突然現形，衝下來用月彎刀割她的耳朵。

有一天，幼葦從長窗戶鑽出去，爬上屋頂，盯著天上的大月亮，住在她家院子的那隻老青蛙

唱起歌來。

老青蛙的特別歌聲讓幼葦突發奇想——用手指頭指月亮，月亮妖精會來割耳朵，用腳趾頭指月亮，應該不會發生什麼壞事吧？

幼葦先用左腳大腳趾指月亮，又用右腳大腳趾指月亮，等了好久，好像有一千年那麼久，什麼事都沒發生。幼葦有點小失望，月亮妖精的傳說可能是假的；幼葦有點小慶幸，真的有月亮妖精存在，但是她用小聰明，成功騙過月亮妖精。

沒想到才開心幾秒鐘，叮鈴叮鈴的聲音，伴隨奇怪的蛙鳴聲響起，一隻月亮妖精從月亮上飛了下來！

月亮妖精的模樣，跟媽媽形容的一模一樣，身上長滿長長的黃毛，額頭上有兩根黑色的犄角，手上舉著亮晃晃的月彎刀，左腳上那六只鈴鐺，發出叮鈴叮鈴的響聲。

月亮妖精輕巧落在屋頂上，瞪著幼葦說：「你用腳趾頭指月亮？膽子好大！別以為用腳趾頭指月亮就沒事，那比用手指頭指月亮還要可惡。你指月亮就是罵我，我討厭別人罵我，所以我要割你的耳朵。」

媽呀！月亮妖精真的存在！

千萬別惹毛月亮妖精

幼葦嚇壞了，把腳縮回來，大叫著：「不要！我不相信世界上有什麼月亮妖精，也不相信你會割我的耳朵。因為我不相信，所以你不能割我的耳朵。」

月亮妖精冷笑著，舉起月彎刀向她逼近，幼葦兩手摀住左耳，閉著眼睛，高聲尖叫。月亮妖精把月彎刀換到左手，輕輕揮舞，在幼葦的右耳朵上劃過。

哇！好痛！鮮血從右耳上流下來，幼葦趕快按住右耳止血。

「騙人，說什麼被割耳朵不會痛，說什麼割了耳朵沒有傷痕，我的耳朵受傷流血，賠我好耳朵來，你這個長毛醜八怪。」幼葦生氣大罵。

「讓我打開天窗——說亮話。你用腳趾頭指月亮，所以要被我割右邊的耳朵，為你所犯的錯誤流血。現在，你這個沒禮貌的醜八怪有兩個選擇。」月亮妖精不是省油的燈，以其人之道還治其人之身，也回罵一句。

幼葦說：「為什麼我這麼倒楣呀？我不相信的事情，也要我負責，不公平不公平！我不要選擇！」

月亮妖精冷笑幾聲，說：「你這是什麼不負責任的歪理。如果每個小偷都說，他們不知道偷竊是犯法的，所以小偷偷了你的金銀財寶，卻可以不用坐牢，你說好不好？」

幼葦還要爭辯：「這是不同的事，不要隨便譬喻。月亮妖精的傳說不是這樣講的，你們大人總是說一套，做一套，對我們小孩子太不公平。你們大人好壞！壞透了！」

月亮妖精說：「啊！可惜我不是大人，我是月亮妖精！妖精不壞，人類不愛。我是迷人壞妖精，謝謝你的誇獎！你所謂的傳說，是你口中的大人說的，不是我說的。月亮妖精割耳朵的規則，當然是我們月亮妖精說了算，懂嗎？」

幼葦不說話，傷心啜泣著，一顆心都快碎掉了。

月亮妖精在屋頂踱步，他有很多時間，打算慢慢折磨這個「壞」小孩。他說：「算你運氣好，遇見善良又講道理的我。要是其他那些個恐怖凶惡的月亮妖精來執行割耳朵的任務，發現你是這樣頑皮的壞屁孩，二話不說，早就把你的耳朵割掉，再把你拎到月亮，當月亮妖精。這樣你就再也不能回家，永遠見不到你的爸爸、媽媽。」

月亮妖精撿起兩塊屋瓦小碎塊，朝空中拋了幾下，把其中一塊拋給幼葦，幼葦雖然哭著，卻也立刻接住。

月亮妖精說：「我給你兩個選擇。第一，你也變成月亮妖精，在月亮上守候。有人用手指頭指月亮，就是在罵你，你很生氣，就穿過寂靜的夜空，下來割他的耳朵。」

幼葦說：「我不要當月亮妖精！我不要割人家的耳朵，那好殘忍、好邪惡！」話才說完，幼葦就知道自己講錯話，她不吭聲，稜角分明的屋瓦碎塊握在手心，有點刺痛。

月亮妖精聽出幼葦話裡的意思，眼睛冒出邪惡的黃光，怪聲大笑起來。

月亮妖精喜歡聽故事

幼葦大聲搶著換話題：「另一個選擇是什麼？」

月亮妖精把第二塊屋瓦小碎塊拋給幼葦，說：「算你聰明！另外一個選擇很簡單，每逢月圓，你都要講故事給我們月亮妖精聽。」

「講故事？講什麼故事？」幼葦問。

「講童話故事啊！你以為我們月亮妖精靠什麼過活啊？我們靠童話故事汲取養分，這個世界上童話故事愈多，我們愈茁壯！你乖乖的講童話故事給我們聽，我就不割你的耳朵，不把你變成月亮妖精，不把你帶離開你的爸爸媽媽身邊，懂嗎？」

幼葦說：「你在月亮上，我在地球上，隔那麼遠，我怎麼講故事給你聽？」

月亮妖精說：「月亮和地球的距離，不像你認為的那麼遠，是有捷徑的。你對著月亮講故事，我就聽得到。」

幼葦低著頭，偷偷觀察月亮妖精，他沒穿鞋子，六根腳趾甲塞滿骯髒的汙垢；頭頂正中央有一撮頭髮編成的沖天炮，月亮妖精冷冷的笑著，那撮沖天炮也輕輕抖動，很神氣，也很邪惡！

幼葦好想一把摘掉那撮頭髮，挫一挫月亮妖精的銳氣！

幼葦倏地站起來，往前走三步，伸出左手指著月亮妖精的臉說：「我不過指月亮一下，又不是指你，你生什麼氣？你有什麼好氣的？奇怪！」

月亮妖精沒料到幼葦來這招，愣了一下，嘴巴張開，卻不知道該怎麼回答。

「你最好趕快把我變成月亮妖精，我就可以跟你一起回到月亮，每天盯著你、指著你，看你還能把我變成什麼妖怪。」幼葦邊說，邊往前走了一步。

月亮妖精說：「你敢挑釁我？不知天高地厚的小屁孩！」他露出猙獰的面貌，手起刀落，割下幼葦的右耳朵！

「哇！好痛！」幼葦大叫著，眼睜睜看著自己的小小耳朵落下來，一邊往下掉、一邊轉變成冰冷陰森的月彎刀，像慢動作重播似的，緩慢落在幼葦手心。

幼葦停格了好幾秒，耳朵被削掉的地方，不感覺痛、也沒流血；再看看自己，並沒有變成月亮妖精。

幼葦伸出左手，拿起月彎刀，握緊。

月彎刀服貼握在幼葦手裡，輕微動了幾下，好像自願聽她使喚、任她差遣。

月亮妖精割下幼葦耳朵，右手高舉、左手插腰，頭微微往前傾，擺出一副自以為很帥的姿勢！他閉著眼睛等了一下，沒聽到小屁孩哭喊的聲音，睜開眼睛，剛好看到幼葦高舉月彎刀，對著自己跳過來！

月亮妖精來不及躲，被幼葦一把削掉頭頂那撮寶貴的沖天炮。沖天炮被削飛，在空中翻了幾圈，幼葦一把搶了下來，塞進口袋，跟幾條小魚乾混在一起。那撮沖天炮是月亮妖精最引以為傲的標誌，如果沒有這撮神氣的頭髮，月亮妖精根本不知道該怎麼活下去。

「你割錯耳朵，我沒有變成月亮妖精，你完蛋了。」幼葦用月彎刀指著月亮妖精。

月亮妖精大吃一驚！倒抽一口氣，後退幾步，轉身往月亮飛逃。幼葦想也不想，緊捉住月亮妖精的左腳，跟著他，一起飛往月亮。

跟月亮妖精談判

風在耳畔呼呼吹過，幼葦數了時間，七秒，月亮妖精就帶著幼葦，從地球飛到月亮。

月亮和地球的距離果真不遠、真的有捷徑。

月亮妖精狠甩左腳，甩不掉幼葦，就採取粗魯降落術，把幼葦當成踏墊，想把她踩扁！幼葦怎麼會不知道月亮妖精打什麼如意算盤？她放開手，摔倒在月亮上，動作俐落的滾了幾圈，平穩站了起來，好像奧運體操選手的標準動作。

月亮妖精沒料到幼葦會鬆手，重心沒抓好，頭臉著地，吃了滿嘴泥土，月彎刀也彈飛出去。他在地上滾了好幾圈，狼狽的站起來，撿起月彎刀，跳上一塊大石頭，惡狠狠瞪著幼葦。

可惡的小屁孩、討厭的愛哭鬼，居然敢跟他一起飛上月亮，搞不清楚她的葫蘆裡賣什麼藥。

幼葦不知道跟月亮妖精一起來月亮幹什麼。她感覺輕飄飄的好像要飛起來。這跟她一個夢境好像，雖然站在陸地上，但是只要輕輕划手，就像在游泳池裡游泳似的，能夠輕輕鬆鬆游上高樓大廈，游過整個操場，游上教堂尖塔。

陰森醜陋的、被削掉頭頂那一撮沖天炮的月亮妖精，凶巴巴瞪過來。幼葦不敢太囂張，慢慢踱開去，四下張望好幾遍，大叫好幾聲。

沒有回音、沒有回答、沒有動靜。

幼葦挑著眉毛說：「月亮上就你一個？」

月亮妖精惡狠狠的瞪著她，不回答。

幼葦說：「根本沒有其他恐怖邪惡的月亮妖精？」

月亮妖精惡狠狠的瞪著她，還是不回答。

幼葦說：「月亮上是不是嫦娥和白兔一國，你和吳剛一國，她倆一起搗藥，你倆一起伐樹？」

月亮妖精乾脆閉上眼睛，不理她，也不回答。不管你問什麼蠢問題，我就是不說話，看你能奈我何！

「月亮上就你一個，所以你也從來沒有割過任何人類的耳朵，沒有把任何人帶來月亮上，跟你一起當月亮妖精？」幼葦對月亮妖精凶巴巴的窮追猛打。他轉過身去，用挺直的背脊搭起一座守護牆。幼葦不但戳破了月亮妖精凶殘可怕的形象，還把他的自尊丟在地上，踩個稀巴爛！

這個月亮妖精，沒有人跟他一國，孤單又可憐。這是場一對一的戰爭，她只需要對付一個妖精，幼葦對自己充滿信心。

幼葦一縱身，跳到月亮妖精面前，說：「你最好早一點習慣人們用手指頭指月亮，因為從地球看月亮，真的很漂亮，很難不用手指指點點。」

月亮妖精後退好幾公尺遠，說：「別靠我那麼近，滾遠一點，少在那裡囉哩叭嗦。你這個小女生，好壞！壞透了！」

幼葦說：「我承認，我很壞，小孩不壞，妖精不愛。告訴你，我家那兩個疼我、愛我，跟我同一國的哥哥才壞。你敢再來我家屋頂撒野，我叫他們出來教訓你。他們力氣大，兩三下就可以把你切成碎片，當成飼料，拿來餵我們家的雞！」

月亮的引力很小，幼葦輕輕一跳就站在月亮妖精跟前，用月彎刀指著月亮妖精，想跟他比劃「殺刀」，她在家常常練習，「殺刀」功力一流！

月亮妖精頭上那撮沖天炮被幼葦削掉之後，就像洩了氣的皮球，只想找個地方靜靜休養，沖天炮要再長出來，至少得聽三十八萬字的童話故事，到哪裡找人講這麼多童話故事來聽？傷腦筋！

這個小屁孩，跟我一起到月亮上就算了，還講話酸我！現在居然拿刀指著我，三十六計走為上策，以後再找你算帳。

月亮妖精接連十八次後空翻，落荒而逃！逃得不見妖影。

從月亮飛回家的訣竅

月亮妖精消失無蹤了！月亮上好安靜，真沒意思，一點也不好玩。

幼葷不知道接下來該做什麼。她轉身看著地球，心想：月亮妖精不見了，剛剛忘了問他，我該怎麼回家啊？月亮妖精說，月亮和地球的距離不遠、有捷徑，這個捷徑在哪裡呢？

如果月亮妖精靠童話故事過活，我是否也可以靠著童話故事回家？童話故事的威力，就是所向無敵、就是無所不能！剛剛可以輕輕鬆鬆飛上來，現在就可以毫無阻礙跳下去，更何況我才打敗月亮妖精，收了他所有功力。看我的厲害！

幼葷瞄準地球，手裡握著那撮沖天炮，看了老半天，根本不敢跳。講虛無飄渺的大話，很容易；但是，拿小命去嘗試，很困難。

萬一跳下去，沒跳回地球，沒跳回家，而是在黑暗的太空中漂流到地老天

荒，該怎麼辦？回不了家，該如何是好？

剛剛如果沒有惹火月亮妖精，還可以低聲下氣請他幫忙，偏偏自己得理不饒人，還削掉他頭上那根沖天炮！

安靜的夜空突然傳出青蛙的鳴叫聲。幼葦想：哎呀！院子裡那隻老青蛙也跟著一起上月亮來啦！不對，老青蛙沒有跟著一起上月亮來，是我根本沒有離開屋頂。是月亮妖精用「幻術」，讓我以為自己到月亮上來，現在他又用「鬼打牆」，讓我以為自己在月亮上，回不了家。好個詐包！既然我根本不在月亮上，也就沒什麼好怕的。看我的絕招！

幼葦鼓起勇氣，往前跑了幾步，大叫一聲，騰空飛起，往地球跳下去，哇！真的讓她矇對了！老青蛙的叫聲救了她，前一秒鐘她還在月亮上漂浮，下一秒鐘就發現自己正不偏不倚，落在閣樓長窗戶的窗臺上。

幼葦正得意呢，一下子沒拿穩重心，先是身體往右歪倒，接著摔在屋瓦上，然後就沿著屋頂翻滾而下。

她家屋頂有從院子裡沿著晒衣架爬上來的瓠瓜藤，幼葦常常奉命上來採摘成熟的瓠瓜。為了保命，她使勁抓住瓠瓜藤，帶起整片藤蔓，砰的一大聲響，摔在院子裡養雞的棚子上。

「痛歪我了！」幼葦哀嚎了一聲。一大張瓠瓜藤網迎面拋灑下來，好多沒成熟的大小瓠瓜，把她劈頭蓋臉打了個唏哩嘩啦。

「糟糕了！」幼葦腦袋裡閃過媽媽看到瓠瓜藤被她毀掉的表情，嚇得從夢中驚醒！

原來幼葦在屋頂睡著，做了惡夢。

又是惡夢，會不會太老套了？

幸好只是惡夢，要不然困在月亮回不來、或是真的毀了媽媽的瓠瓜藤和雞棚屋頂，可就真的糟糕了。

講故事給月亮聽

幼葦坐起來，腰痠背痛、思緒也亂七八糟，不確定發生什麼事。過了好一會兒，她才想起割耳朵的事情，趕快摸摸右耳。幸好耳朵好端端的連在頭上，沒有被割掉，不過耳朵下方有個地方，一摸就痛。她趕快爬進長窗戶去照鏡子，看到耳朵下方有一道淺淺的紅色傷痕！

真的被割耳朵了！

傳說中非常恐怖的月亮妖精，也只敢這樣輕輕「割」我的耳朵啊！

「可憐的月亮妖精。」幼葦自言自語說著，突然想起一件很重要的事，連忙伸進口袋，摸出好幾條小魚乾，還有，那根從月亮妖精頭上削下來的沖天炮！

幼葦年紀還小、很純真，不會想東想西、懷疑東懷疑西。就算她知道自己做了惡夢，在口袋裡摸到這撮沖天炮，也沒讓她開始懷疑自己，然後因為搞不懂現實世界與虛幻想像空間的界限而發瘋！

她把這撮月亮妖精的頭髮，看做貨真價實的戰利品，拿在手上雖然輕，卻很有分量。

從出生到現在，就是今天過得最爽快！不但削掉月亮妖精頭頂上這撮沖天炮，還知道看起來凶惡嚇人的月亮妖精，其實很孤單很可憐。

之後幾天，幼葦每天晚上一看到月亮，就一直用手指頭指著它，左指、右指、上指、下指、轉幾圈再指，一直指、一直指，直到頭暈、直到手痠。

沒有叮鈴叮鈴的鈴聲響起、沒有月亮妖精從月亮上飛下來，當然也沒有被割耳朵，連耳朵底下的小小傷痕也沒有。看來，那隻絕無僅有的月亮妖精，真的被幼葦嚇破膽，再也不敢來打擾她了。

下個月圓的晚上，幼葦上到閣樓，爬出長窗戶，坐在屋頂上，看著月亮發呆。

幼葦想了好多事，然後，她講了一個烏龜背猴子過河的日本童話故事給月亮聽。接著，她又講了一個她自己編的，阿瓊瓊媒婆作媒的童話，也是講給月亮聽的。

喂！渾身長滿黃色長毛的月亮妖精，你可不要厚著臉皮來偷聽故事喔！

本文收錄於二〇二二年《孩子王老虎》字畝文化出版

編委的話

・**游愷濬**：

讀完故事後，我每次看到月亮都會忍不住想起幼葦跟月亮妖精在月亮上吵架的情節，總覺得月亮妖精左腳鈴鐺會不會在我伸手指月亮後就突然響起，於是就真的不敢再用手去指月亮了！

・**林昀臻**：

說到月亮妖精的傳說，我真的很難相信如此皎潔美麗的月亮上會住著醜陋的妖精。但我覺得更難相信的，還是小孩的幼葦居然會對月亮妖精大小聲，她真是個勇敢的小女孩，但也是一個缺乏危機感、不信邪的小孩，怪不得月亮妖精會找上她！

・**阮亮介**：

幼葦很有膽量，遇到恐怖現象或怪奇事件會跟自己說「看不見的事，就不存在」……其實這是她能夠戰勝惡夢的重要手段，對自己心戰喊話！當她知道妖精要聽童話故事才能重新長出頭髮後，講了許多故事給月亮聽，讓讀者看到了她的善良。

・**張桂娥：**

作者啟動無邊的想像力，讓精力旺盛的反骨女孩幼葦猛追著月亮妖精，穿越天際，仔細探索月世界，還意外戳破了月亮妖精的假象，讓讀者看到他真實的內面。這種顛覆古老傳說的創作類型在童話裡雖然屬於常見的敘事手法之一，但是在故事人物造型（妖精與女孩）的技法上，除了打破性別刻板印象外；也讓「妖精」的人設獲得革命性突破。當人們收好手指改以說故事給月亮聽的方式跟月世界住民溝通時，我們與星辰宇宙的交流，將萌發更多元面向的可能性。

四瞳，我的喵星人

山　鷹

插畫／吳嘉鴻

作者簡介

台北市人，理工男，曾是工程師，專長衛星通信，退休後成為兒童文學作者。曾獲台北公車詩文獎兩次，兒童文學童話、童詩、兒歌獎多次及全球華語科幻星雲獎最佳少兒短篇銀獎。曾入選九歌年度童話選十次，國語日報精選童話多次，小魯 2007 台灣兒童文學精華集；親子天下童詩精選集《樹先生跑哪去了？》及大陸《童詩三百首》等。

出版過十多本少兒文學書籍，包含童話、童詩及少兒科幻小說等（多本獲年度好書大家讀及文化部中小學生優良課外讀物推介），波隆那及法蘭克福書展台灣館國際版權精選書區、數位出版品區授權入選，並曾兩次入選金鼎獎書籍推薦。

童話觀

科學和文學是相通的，不是風馬牛不相及的。科學和文學之間，有一條渠道互相通著，有時候科學流過來，有時候文學流過去。

以文學為經，科學為緯，創作出令人耳目一新的科學童話。

一、踢著石頭回家

昨天晚上，一隻黑白分明，瘦巴巴的貓，被我偷偷抱回家。

為什麼必須「偷偷」抱回家？

因為爸爸不准我養寵物，他說過，誰想養寵物，誰就得百分百負起責任，餵食、清理、幫忙洗澡、買寵物飼料、帶看動物醫生、自己打工賺錢養等等，都必須親力親為，不能要求別人代勞。

這些事我很難全部都做到。

其次，養寵物曾經是爸爸心中深深的痛，這是後來爸爸無意中說出來的，他不希望家人也經歷這種痛苦。

因此，不論小狗長得多麼可愛迷人，小貓抱起來溫暖像個棉球，小白兔蹦蹦跳跳，紅眼睛超級誘人，寵物從來不曾進過我們家門。

但是這次不一樣，我一定要把「四瞳」帶回家。

除了上面說的可愛、溫暖、迷人……等等理由外，最重要的是，牠是我的救命恩人。

每天晚上安親班上完課後，回家路會經過一座社區公園，通常我會穿過公園直接回家，那是條捷徑，我喜歡抄捷徑。

今天不知哪根筋鬆了，我竟然捨捷徑改走園邊路，繞著曲曲折折，彎來彎去，沙土雜著石子的小路，忘情的蹦蹦跳跳，邊玩邊哼歌，一路輕鬆回家。

園邊路沿途有不少大大小小奇形怪狀的石頭，若是看到礙眼的小石塊，我會順腳就給它來個「朝天踢」，然後看著小石塊一路翻滾，滾滾滾，翻翻翻，一直滾到沒力氣戛然停止。

大約在離家五六十公尺遠的地方時，有一塊灰白色的石頭梗在我的腳前，當時我正踢得高興，灰白色石頭一入眼，當然啦，二話不說立馬抬起腳來，狠狠就給它踢出去。

「咦？沒踢中。」

「怎麼可能？」

再踢一次。

「什麼，又沒踢中？」

哇！哇！哇！氣死我了。

「我不相信！」

這一次我瞪大眼睛，停止呼吸鎖定目標，腳抬起慢慢往後到極限，然後大喝一聲「給我滾開！」

哈，石頭果然不見了，被我踢走了。

咦？等等，等等，為什麼我有沒踢到東西的感覺？

還用力過猛，身體跌個倒栽蔥！

石頭真的不見了，這一點不用懷疑；石頭不是被我踢走的，這一點也不用懷疑。

說時遲那時快，就在我的後腦勺快要碰到路面時，一個東西竄進來，軟軟的、溫溫的，枕頭一般似的，頂住了我的後腦勺，讓我的腦袋瓜在碰撞前安全著地，一點痛的感覺都沒有。

當場我嚇壞了，趕緊坐直身子轉頭後望，我想知道，究竟什麼東西墊在我的腦袋瓜下，讓我倖免於難？

哇！一對發亮的眼睛望著我。

嘿，一隻貓咪。

牠救了我。

貓咪黑黑的大眼框，透出明亮誘人的眼珠子，身體全白，四蹄卻是灰黑色的。

熊貓？我遇到了熊貓？

不可能！

可是，可是，真的很像熊貓耶。

「謝謝你救了我。」管牠是熊貓，還是貓熊，人家救了我，先謝謝再說。

小熊貓滾動著靈活的眼睛盯著我，一會兒後，右眼瞳孔先收縮再放大，〇．五秒後突然射出一道薄薄的藍光，往我額頂當頭罩來，把我嚇了一大跳。

哇，妖怪！我碰到妖怪了嗎？

還好，當藍光消失不見後，我並沒有什麼異樣的感覺。

這時，我的耳邊好像有一個聲音響了起來……「帶我回家。我……快……餓……死……了。」

然後我就迷迷糊糊，心甘情願的帶牠回家了，也沒想一想，貓咪為什麼會說話？說的還是人話。

「到底該把牠藏在哪裡才好呢？」

「藏在哪裡才不會被爸爸發現呢？」

想了好久，最後我找到了藏「四瞳」的好地方，爸爸一定不會發現。

「四瞳」和我配合得非常好，從來不會亂喵亂叫，也不會東跑西竄上下亂跳，牠是一隻安安靜靜的貓。

更怪異的是，雖然牠說快餓死了，要求我帶牠回家，可是幾天下來我沒看過牠吃飽過，都只吃幾口就停止不吃了。

原先我以為牠不喜歡我給的食物，接連換了幾種不同的貓飼料後，都只見牠淺嘗即止，或者根本沒吃。

最讓人感到不可思議的是，竟然沒看見牠日異消瘦，反而越來越胖，越來越壯。

真是一隻怪貓！

二、天價電費單

「哇！怎麼可能？怎麼可能？」爸爸像中了邪似的，同樣的話連說兩遍。

只見爸爸兩眼瞪著電費單，眼睛像龍眼珠那麼大，張著大口，好似快要無法呼吸了，一副驚嚇過度，完全無法相信的表情。

「怎麼了？」聽到爸爸的慘叫聲，媽媽趕緊跑過來。

「你看看！你看看！」爸爸一面怪叫，一面把電費單遞給媽媽。

「夭壽啊！吃人啊！這……這……這，搞什麼鬼啊？」這下輪到媽媽慘叫了，連平時不會說的難聽話都飆罵出來了（她最怕被別人笑沒修養了），根本不像教養很好的媽媽，「是不是電力公司抄錯度數了？」

電費每兩個月算一次，這次的電費三級跳，不，十級跳，難怪爸爸媽媽一時無法相信。

「五百度！太誇張了。」

「真的太誇張了，一定是抄錯度數了，多了一個0。」

「打電話去問問看。」

「一定要。」

為了慎重起見，第二天電力公司的員工親自來檢查，結論數值正確，沒抄錯。

「度數是正確的。」

「怎麼可能？我們是家庭用電耶。」

「太離譜了吧！」一聽度數正確，媽媽立刻也補上一句，「不是企業用電哦，是不是收費標準弄錯了？」

「度數絕對正確，收費標準也沒錯。」

「那，會不會是電表故障了？」

「我檢查過了，電表沒故障。」

「這……這……這……怎麼會這樣？」

「嗯，是很奇怪。明天我拿更精密的儀器來再檢測一次。」

「麻煩你了。」

「應該的。我也是第一次碰到這種情況。」電力公司的員工歪斜著頭，一副百思不得其解的表情。

第二天總共來了三個人，其中兩位好像是技術人員，從電表、配電箱開始查起，一直查到全家的配線管路和迴路設計，結論是「沒問題」。

「很顯然，貴府有人超用電。」

「你說什麼？我家有人超用電？呃……這……呃，不會吧？」

「原本我們懷疑，是不是你們家的電被偷接了……」電力公司的技術員說，「我們特別仔細檢查過了，並沒有被偷接的問題。」

「所以是我們自己的問題？」

「應該是。」

此後接連幾次的電費，雖然稍微下降了點，但還是爆表。

爸爸媽媽無法接受這種情況，請電力公司無論如何，一定要來換裝新的電表，「一定是電表的問題，太老舊了。」

可惜的是，無論電表怎麼換，數位電表、遙控電表、ＡＩ電表，換到電力公司都沒新電表可換了，電費還是爆炸。

「這樣不行，我們絕對會支出大失血。」

「也許是電線太老舊，耗電過大造成的。」爸爸最後聽從水電行楊伯伯的建議，重新拉了家裡的電線並重新設計使用迴路，「我就不相信找不出原因。」

可惜事與願違，錢花了，超高電費的原因還是沒找到。

「真是糟糕，到底該怎麼辦才好呢？」一籌莫展的爸爸，望著手上的超高電費單，眼睛露出求救信號望著媽媽，「難道是老天爺逼我們搬家嗎？」

媽媽呆立在一旁，久久不說一句話，然後突然轉頭望向我，向我投來一個詢問的眼神。

我偷養「四瞳」的事，本來連媽媽都不知道，但是媽媽是一家之主，房子都是她在清理打掃，不可能永遠瞞得住她，沒多久就被發現了。

經過我的苦苦哀求和發誓保證，同時以「牠是我的救命恩人」的情義懇求，媽媽是個富有同情心的人，最後同意我可以養「四瞳」，前提是，不能被爸爸發現。

這個祕密，我倆保守得非常好，「四瞳」也非常配合，家中一直平靜無事。（事後我才知道，「四瞳」有特異能力，可以配合一切事物。）

三、稀奇的是……

電費爆表的事，我大概知道是怎麼一回事。

可是，我不敢說。

自從「四瞳」來到我們家後，一連串的怪事接連發生……

第一件怪事發生在我帶牠回家那個晚上。

那時「四瞳」的體力已經非常非常虛弱，明顯快要不行了。

當我抱著牠經過家裡的大型烤爐時，牠的身體突然顫動了好幾下，眼睛張了開來，瞳孔開始放大。

我以為牠要死了。

沒想到牠竟然奮力掙脫我的手臂縱身跳下，急驚風一般跑到烤爐插座旁，動也不動像個石像似的。

這時我發現，牠的瞳孔開始放大，而且還是一眼雙瞳，一個在外，一個在內。只見第一個瞳孔先打開，一分鐘後第二個瞳孔接著打開，放大收縮，收縮放大，左右兩邊輪流開放，四個瞳孔陸陸續續來來回回，總共開閉了二十次。

這個舉動給我的感覺很熟悉，我覺得牠是在充電，無線充電。

我也記得，我家大型烤爐用的是二百二十伏特的電，對人類來說，有點危險，牠卻無事一般。

本來我還在苦惱，要給牠起個什麼名字？

那一次以後，我開始用「四瞳」這個名字叫牠。

第二次我發覺牠的怪異行為，是在半個月之後。

世上有很多陰陽眼貓咪，這不稀奇，「四瞳」也是。牠的兩隻眼睛，一隻黃藍色，一隻紅綠色，看起來有點可怕。我是在和牠相處一段時間之後，才不再感到害怕。

養過貓的人一定知道，半夜的貓叫聲很嚇人，聽久了令人毛骨悚然。

那天夜晚，我做完功課正準備上床睡覺時，發覺「四瞳」跳上了我的書桌，微抬著頭，隔窗對著雲層中的月亮輕輕喵叫起來。

貓咪也懂賞月嗎？

本來我不想理牠的，但是牠越叫越大聲，最後聲音明顯變得和一般貓叫聲不一樣。

怎麼形容牠的叫聲好呢？

像墳場叢林中的陰風慘叫，你懂嗎？

一隻陰陽眼黑蹄白貓，對著月亮不斷慘叫，你能想像嗎？

「拜託，不要再叫了。」我對四瞳吼了一聲，「聲音很嚇人耶。」

「四瞳」沒理我，繼續鬼叫不已，幾分鐘後簡直就像是鬼哭神嚎了。

我受不了了，也怕爸爸發現我偷養貓咪的事，趕緊起身下床抱住牠。

「不要再叫了。」我輕撫著牠的頭。

「四瞳」抬頭望了我一眼，掙開我的雙手跳回書桌，但不再叫了。

只見牠一動不動，抬眼望向月亮，兩眼瞳孔同時收縮、開放，收縮再開放，

矇矓中我好像看到有兩根細針，從牠的雙眼中伸了出來。

然後牠的毛髮開始根根豎起，像隻刺蝟。

貓咪變成刺蝟，嚇死我了。

這個情況持續沒幾分鐘，很快就消失了，「四瞳」又恢復成一隻可愛的貓咪。

我很好奇，「四瞳」為何變這樣？

說時遲那時快，就在我抱下「四瞳」的當兒，好像看到有一個黑影，從雲層中一閃而過。

那個黑影很像是一隻蝙蝠。

蝙蝠俠嗎？

「四瞳」認識蝙蝠俠，和蝙蝠俠在打交道？

第三次的怪異行為，發生在「四瞳」對著月亮鬼叫之後，肺炎開始大流行的某一天。

四、超級病毒來襲

「不用害怕，我會保護你遠離肺炎病毒。」「四瞳」好像早就知道會有這場瘟疫，「疫情雖然可怕，但是一定會消失，不用太擔心。」

聽著電視上的報導，新型肺炎荼毒人間，引發全球人類大恐慌，各地封城的封城，封港的封港，還有好多歐陸國家封國，印度甚至封了幾億人民的行動自由，世界封閉成這個模樣，像一個超極大的監獄，讓人越來越擔心害怕。

「你怎麼知道的？你又怎麼保護我？」

「我當然知道！這點完全不用懷疑。」「四瞳」的語氣有點輕蔑又很有自信，「我是貓，老鼠怕貓你不知道嗎？」

「老鼠怕貓我知道啊。這和肺炎又有什麼關係？」

「關係可大了。」「四瞳」語帶玄機，「蝙蝠雖然會飛，但老鼠畢竟是老鼠，蝙蝠怕貓這個事實根本無須爭辯。」

「四瞳」還說，家中養貓的，大多數不會罹患嚴重肺炎。

「老鼠？蝙蝠？肺炎？」我不明白「四瞳」在說什麼，額頭立馬冒出三條線來。

三月第一個星期日是我的生日，爸媽為我買了生日蛋糕慶生。

我邀了幾個好朋友來家裡，高個子小熊、矮個子大方，還有喜愛天文科學，號稱小哈伯的眼鏡高。

我們四個人窩在房間內，邊吃蛋糕邊高談闊論，嘻笑怒罵兼拳來腳踢，好朋友就是要這麼麻吉。

我是一個不太喝水的怪咖，綽號「沙漠之舟」，除非被媽媽趕鴨子上架，常常一天喝不到幾口水。

那天很奇怪，我總是幾分鐘不到，就聽見「四瞳」的聲音在我耳邊催促：「喝水。趕快去喝水。」

聲音似乎還帶著魔力，強迫我不停喝水。

那一天我喝了有史以來最多的水，到底喝了多少水根本無從計算，但是我記得，最後每隔十分鐘就得跑一次廁所。

「你怎麼了？肚子不舒服嗎？」小熊第一個發覺我的行為詭異。

「沒問題。」雖然我自己也很納悶到底怎麼了，但整體來說，還算ＯＫ。

話才說完，覺得口好渴，不自覺又喝了一大口水。

一刻鐘之內，我竟然一連喝了三大杯水，半個鐘頭之內跑了三次廁所。

「真的沒有問題嗎？」這次輪到小哈伯起疑。

「呃，我我我……今天尿多。」

「早點休息吧。」大方起身，「我們告辭了，謝謝邀請。」

「再坐一會兒吧。」我覺得很不好意思，今天的肚子真是不爭氣。

「走了。走了。」小熊跟著起身，「你好好休息。」

當我正想挽留他們再坐一會兒時，此時耳畔竟然又響起「四瞳」急切尖銳的催促聲：「讓他們趕緊走。讓他們趕緊走。」

事後我問「四瞳」，為什麼要趕他們走？

「他們身上帶著病毒，會傳染給你。」「四瞳」的回答嚇了我一大跳。

「病毒？傳染？他們會傳染病毒給我？」

「相信我就對了！」說完這句話後，無論我問什麼，「四瞳」都不再回答。

一星期後，小熊他們三人都因肺炎發燒住院，被隔離在負壓病房中治療。

我也終於明白，當天我一直被迫不停喝水的原因。

「四瞳」說，多喝水可以保持喉嚨溼潤，可以將病毒沖入胃袋中，避免進入肺部引發病變，胃酸可以把病毒殺死。

咦，「四瞳」怎麼知道的？為何牠只保護我？

雖然都市裡已經很難看到貓抓老鼠了，但自古至今，貓抓老鼠是天經地義毫無疑問的事。

蝙蝠獐頭鼠目，是會飛的老鼠，也是不爭的事實。

根據醫學研究報告，蝙蝠是許多病毒的宿主，有許許多多的病毒寄生在蝙蝠身上，像猖狂的狂犬病毒，令人聞之喪膽的 SARS 病毒，都是蝙蝠帶給人類的災難。

很多西方國家的傳說中，蝙蝠被視為「地獄的使者」，「魔鬼的馬前卒」。

還好這些病毒與人類井水不犯河水，牠們只和蝙蝠親近。

因此，人類只要遠離蝙蝠，就可以彼此相安無事。

去年年底開始，醫院發生一起離奇的病例，有人生病死了，死因是人類感染到不知名的病毒，導致肺部纖維化，呼吸困難而亡。

這個病毒後來演變成全世界大流行，死了好幾百萬人。

蝙蝠是病毒的宿主，在疫情氾濫成災時，成為幾種猜想之一。

全球肺炎大流行時，爸爸媽媽很害怕，因為我是家中獨子，千叮嚀萬叮嚀我非必要少出門，出門時一定要戴口罩，回來時要勤洗手。

但是我並不害怕，因為我知道，我已經被「四瞳」罩在鐵布衫之內，有如金鐘罩般保護著。

五、你是誰，從哪裡來的？

記得嗎？「四瞳」有一對陰陽眼，還是雙眼四瞳。陰陽眼不稀奇，四瞳則少有；兩眼都雙瞳，全世界大概絕無僅有了。

我覺得牠和「小叮噹」一樣，是一隻未來貓；不然，就是一隻外星貓，從喵星國來的。

長久以來，地球發現外星人的事件傳聞不斷，至今民間傳說的外星人以小灰人最多，其次是高灰人；最引人注目的是火星人，最讓人匪夷所思的是喵星人。

「四瞳」很有可能就是喵星人，否則牠為何會說話？還能預知未來？相處久了，我和「四瞳」的感情越來越深厚，有時會莫名升起害怕失去牠的感覺。

貓的壽命不長，我知道牠遲早會離開我。

萬萬沒想到的是，這個日子來得比我預期的快又早。

有一天快半夜時我又被「四瞳」的鬼叫聲吵醒。

「不要再鬼叫了，拜託。」

「四瞳」好似沒聽到似的，繼續鬼哭神嚎。

「你聽不懂我說的話嗎？」

受不了了，我大喊一聲，倏地起身急走到窗台，我以為「四瞳」一定在窗台上。

「咦？」「四瞳」不在那兒。

不是「四瞳」在叫嗎？牠的聲音我非常熟悉，我很確定，一定是「四瞳」沒錯。

「四瞳」跑哪兒去了？

這時鬼哭神嚎的恐怖叫聲再次響起，我尋著聲音走出門外，拐過牆角一路往公園走去，就在大約距離公園入口二三十公尺處，我看到「四瞳」了。

等等，等等，還有一個黑影一下子竄高、一下子竄低，在「四瞳」前頭盤來繞去。

「四瞳」這時面目猙獰，毛髮根根豎起，兩隻眼睛放出薄薄的，不注意幾乎無法看見的紅色光，不時射向黑影。

很顯然，「四瞳」和黑影正在大戰。

黑影很厲害，「四瞳」射出的紅色光總是及時擦身而過，感覺黑影還能聽聲辨位，能夠預知「四瞳」的下一步。

「吱吱！吱吱！」說時遲那時快，黑影猛然一個轉身俯衝，狠狠的咬了「四瞳」後頸部一口，「四瞳」的血液立即噴射而出。

看來「四瞳」不是黑影的對手，幾分鐘後敗相漸露。

「我得助牠一臂之力。」慢慢緩緩的，我不動聲色蹲下身子，撿起一塊尖銳石頭。

當黑影以為勝利在望，竟然大膽停降在「四瞳」的眼前路面，一面鼓動雙翼，一面囂張著往前邁進時，我立刻以迅雷不及掩耳之勢，高速拋出石塊。

「砰！」空氣中響起物品被擊中的撞擊聲，黑影發出一聲哀鳴，轉頭望向我。

就在這個千載難逢的時刻，一道刺眼的紅光掃過黑影，牠的左翼立馬被切斷四分之一。

紅光是「四瞳」發出的，牠當機立斷抓住難得的機會反敗為勝。

黑影遭此重擊，艱難的揮動斷翅，吱吱叫抱頭鼠竄而去。

看著黑影受傷離去，「四瞳」並沒有乘勝追擊，牠緩慢的躺下身子，不停喘息著，顯然牠也受傷不輕。

「為什麼和黑影打架？」回家後，我立即幫「四瞳」清洗身體，上藥及包裹好傷口。

「四瞳」沒有回我的問話，牠又站到插座旁，像第一天來我家時那樣，開始充電。「四瞳」緊閉著雙眼，身體萎頓沒有一絲精神。

大約半個鐘頭後，「四瞳」終於張開了緊閉的眼睛。

「黑影是小灰人。」「四瞳」突然對我蹦出一句沒頭沒腦的話。

「你說什麼？」我丈二和尚摸不著頭腦。

「小灰人是外星人，他們很久很久以前就已經來到地球了，可是他們不想被地球人發現……」「四瞳」繼續說，「他根本不是蝙蝠。」

「蝙蝠？小灰人？」我越聽越糊塗。

「沒錯！小灰人化身蝙蝠的模樣，混在蝙蝠群中。」

「小灰人化身蝙蝠，混在蝙蝠群中？」我重複著「四瞳」的話，滿臉都是困惑，「為什麼？」

「因為小灰人要搶奪地球資源。」

「哇！」

「為了阻止他們的野心，所以我們也來到了地球。」

「你們？……你也是外星人？」

「我也是外星人。」「四瞳」回答，「但是我們來自不同的星球，我們是喵星人，也是仙女星人。」

「你是喵星人？你真的是喵星人？」聽到「四瞳」這麼說，我的下巴幾乎掉了下來。

「沒錯。」

「沒想到傳言都是真的。沒想到真的有外星人。沒想到喵星人竟然也是真的。」我喃喃自語，有點語無倫次。「你是外星人，沒想到我竟然救了外星人。」

「你知道埃及金字塔嗎？」

「當然知道啊！」

「你認為五千年前的埃及人有能力建造這麼多座雄偉的金字塔嗎？」

「我覺得不太可能。」

「當然不可能。」「四瞳」的話斬釘截鐵沒有一絲猶豫，「金字塔是我們建的。」

「喔……」這話應該是真的，我心裡這麼想。

「我們老早就告知地球人應變小灰人的方法，也把步驟留在金字塔內。」

「四瞳」一面說明，雙眼變四瞳，各射出一道光，兩個螢幕立刻顯現在牆壁上，隨著牠的說明，畫面不停切換。

「可惜地球人不但不長進，還互相殺戮攻伐。」

「……」這點我無話可說。

六、黑眼睛事件

「為什麼那隻蝙蝠要攻擊你？」

「蝙蝠是小灰人假扮的，他們要強搶地球資源。」

「這個你說過了。」想起上次「四瞳」對著窗外黑影鬼哭神嚎的情景，我似有所悟，「小灰人為什麼要三番兩次攻擊你？」

「因為他們害怕機密洩露，也知道我不是地球貓。」

「洩露？洩露什麼機密？」

「讓地球人同時一起生『死病』的計畫。」

「哇！」一聽此言，我的嘴巴張得比洗臉盆還大，「不太可能吧，讓地球人一起生『死病』，還同時，有這麼厲害可怕的疾病嗎？」

「肺炎啊。」

「肺炎？……這不可能吧。」爺爺曾經肺炎住院，雖然當時他已九十高齡，但經過醫生細心治療後，兩個星期就痊癒出院了，「對於肺炎，我們很有經驗了。」

「是超級病毒引起的肺炎，不是一般的肺炎。」「四瞳」口氣極端嚴肅，「這個肺炎特別厲害，傳染力超強，沒有任何病徵時就能傳染給別人。」

「沒病徵就能傳染？真的，假的？」我從沒聽說過，沒病徵就能傳染的疾病，太不可思議了，有點天方夜譚。

「千真萬確！」

「哇！哇！哇！」我張著大嘴，完全無法相信，任何跟你接觸的正常人，都可能傳染病毒給你，這，這，這，未免太可怕了！「那，我們怎麼辦？要如何預防？」

「人類必須徹底拋開成見，同心協力一起抵禦才有可能成功，否則……」

說到這裡，「四瞳」住口不語。

「否則怎樣？」

「你聽過物種大滅絕嗎？」

「聽過啊，地球歷史上發生過五次物種大滅絕。這次新型肺炎和物種大滅絕有關係嗎？」

「可以說有關，也可以說無關……」說此話時，「四瞳」的陰陽眼竟然輪流開始變換起顏色來，左邊紅、黃、黑、白、棕，右邊棕、白、黑、黃、紅，霓虹燈般輪轉著，同時瞳孔開至最大射出「種毒」與「歧絕」四個字，如跑馬燈一般閃爍跑著……

「什麼意思？」

「以前的大滅絕事件是天災引起的，這次的大滅絕是人為引發的。天作孽猶可違，自作孽不可活，新型肺炎就是這麼一回事。蝙蝠，只是壓垮駱駝的最後一根稻草罷了。人類再不思悔改，大滅絕就不遠了。」「四瞳」說完這些話後不再發一語，瞳孔恢復正常，字幕跟著消失。

「什麼？自作孽不可活？新型肺炎，蝙蝠，駱駝……」聽完「四瞳」的說明，我頭昏腦脹不明所以，根本搞不懂「四瞳」在說些什麼。

不過，那個「種毒」與「歧絕」的字幕，卻一直掛在我的腦海中。孩提時我就深信地球屬於全人類，屬於所有生命。我覺得做為萬物之靈的人類，人人都該懷抱「民胞物與」的胸懷——「地球資源是大家的，不只是人類的，更不是某一個國家，某一個政權的。」

新型肺炎在人間肆虐了一段時間以後，最後終於消聲匿跡，徹底（我以為）消失不見了。

但是「四瞳」警告說，新型肺炎並沒有走，只是暫時躲起來，它還會再來。

這一場戰疫，是人類和病毒的超級大戰，號稱是第三次世界大戰也不為過。

戰疫初起時，人類節節敗退，染病的人數最後超過億萬人，遍布五大洲三大洋；病故的也超過百萬人，美洲尤其慘重。

各國為了對抗新型肺炎，封城的封城，封機場的封機場，把城市和港口圍得水泄不通，就怕有個小破口。

由於嚴厲的措施接二連三發布和施行，人際被阻隔了，人和人之間的溝通和相互理解不見了，歧視和對立隨著疫情加劇而加深，地球變成一個超級可怕的大炸鍋；各國更為了搶物資搶疫苗，彼此互相仇視，感覺世界大戰隨時都有可能爆發。

每天看著恐怖的新聞報導，連我都惴惴難安，時時刻刻膽戰心驚的活著。難道，人類真的就要敗亡，徹底從地球上消失不見嗎？

在人人隨時隨地都有可能死亡的威脅下，人類終於體認到大家都是地球人，病毒才是共同的敵人，不該強分你是黃種人，我是白種人；或者你是黑人，我是紅人，自己把自己陷入仇恨的牢籠裡。也開始捐棄成見通力合作，最後共同研發出有效的疫苗，徹底擊退新型超級病毒的威脅。

就在人類宣稱打敗新型肺炎的第二天，我發現「四瞳」失蹤了。

原先我以為牠還會再出現，可是沒有。

當時間久到我快要忘記牠的時候，發生了一件可怕的事情。

那一晚我已入睡，半夜時覺得口乾舌燥，起來倒杯水喝。

昏暗微光中，我發現一個黑影倒掛在窗前屋簷下，正睜著一雙骨碌碌超級大眼睛，注視著我的一舉一動，眼中透出詭異的青綠光芒。

我感覺這個黑影試著想進來，卻又一副猶豫不決的樣子。

我愣住了，全身發麻腳步停止，兩腳動也不動。

雙方就這樣持續互視著，感覺有一輩子那麼久，最後黑影飛走消失在夜空中，我整個人立即像虛脫了一般，癱軟在床前地板上。

相同的事件後來又發生幾次，有一次我甚至看到不只一對黑眼睛，是一群。

他們是誰？幹什麼來著？為何衝著我來？

那一群黑眼睛出現過後，雖然又零星發生幾次黑影事件，但越來越少，最後終於不再出現。

每一次黑眼睛來過後，我都立刻告訴爸媽，他們立馬決定陪我一起睡，也想瞭解一下，到底怎麼回事。

偏偏事與願違，在最需要依靠爸媽的時候，黑眼睛卻消蹤匿跡，爸媽經過討論後，認為是我身體太累的緣故，需要好好休息。

但我不這樣認為。

我堅信黑影的出現，一定和「四瞳」有關係。

七、我們還會再見，但不希望

我的猜想沒錯，黑影的出現果然和「四瞳」有關。

那麼多次黑影沒有衝進來，都是「四瞳」絆住了他們。

記得嗎？「四瞳」說過，蝙蝠是小灰人冒充的。

小灰人跑來我的窗前，目標不是我，他們的目標是「四瞳」。

由於失敗了幾次，小灰人痛定思痛重新擬訂進攻新計畫，準備來一次翻天覆地大進攻，徹底把人類消滅掉。他們深知擒敵先擒王的道理，若能把主要障礙先消滅，就能一路暢行無阻直搗黃龍，於是先來探查一下，「四瞳」還在不在我家？

「四瞳」知道自己勢單力薄，猛虎難敵猴群，於是回去母星搬請救兵，但他的母星不同意。

「宇宙自有它的道理和法則，高等生靈如我們，也不能妄加干預。」領袖這麼說，「自救而後人救，自助而後人助，地球人必須先真正學會這個道理。」「四瞳」最後沒搬來救兵，但領袖答應，給他最新型的盔甲及鐳射武器以保護自己。

每次黑影跑來窺視探查時，「四瞳」其實都在場，他採取「敵不動我不動，敵動我先動」虛實相加的戰法，讓黑影感覺他好像在，但又不知道他在哪裡。

那一次一群黑影齊來時，本來他們準備衝進來了，但一碰到窗框，就被突然發出的鐳射掃射到，最後死的死，傷的傷，落荒而逃。

黑影群離去的第二天早上，我在庭院發現許多蝙蝠的斷翼和屍體，同時也發現一堆白毛。

那是「四瞳」身上掉落的，這點毫無疑問，我心裡很清楚。

當晚，我終於再見到「四瞳」了。

「『四瞳』，『四瞳』，真的是你嗎？」

「沒錯。是我。」

「為什麼你不肯現身見我？」我兩眼炯炯，注視著眼前的「四瞳」，滿腦子疑問。

「因為……我假死，」「四瞳」閃了下眼睛說，「假死當然不能現身。」

「你假死？假死就不能相見？」一聽此話我傻了，直覺反應，「我不懂耶！」

「不懂沒關係，你的安全比較重要。」「四瞳」看我一副呆疑狀，竟然這樣回答。

「我的安全？」我更不懂了，「四瞳」到底在說什麼。

「沒錯。你安全了，大家就安全了。」

「這這這，你你你，到底在說什麼啊？」

「沒錯！你安全了，大家就安全了。」「四瞳」加重語氣重複再說一次。

「我安全……大家安全？」「四瞳」的話讓我越聽越迷惑，我想此時此刻，我的瞳孔一定張得和他一樣大。

「你已經安全了。接下來的事情才重要。你要仔細聽好。」

「……」「四瞳」話講得非常嚴重，讓我的心臟開始怦怦怦亂跳一通。

「記住，你是RO傳播者，也是超級傳播者，一旦你得病，世界又要開始大亂了。」

「我是RO傳播者，也是超級傳播者？」自從上次全球新型肺炎大流行後，對於「RO傳播者」這個名詞，我並不陌生，「怎麼是我？為什麼是我？」

「因為我們的相遇，你才變成RO傳播者和超級傳播者。」

「那……那……那，我該如何保護自己？」我真的不知道該怎樣做，才能把自己保護得水泄不通。

「照這個SOP做。」「四瞳」秀出一張圖表，好像是程序圖，也像是程式圖。

「照著做就可以嗎？」

「記住，要隨時預習，確實演練。」說完這話，「四瞳」身體逐漸變為透明，最後消失不見。

在他最後消失前，我清晰聽到他這樣說：「再會了，我們還會再見，但我不希望。」

咦？……

他說的「還會再見，但不希望」，到底是什麼意思？

——原載二〇二二年八月二十三日—十月一日《國語日報・故事版》

編委的話

・游愷濬：

外星特務貓的角色讓我留下深刻的印象。作品開頭就提到了寵物，讓人以為是描述寵物與主人情感的故事。沒想到後來竟出現了數起轉折，還有踢爆病毒帶原者的意外身分，讓故事籠罩在恐怖氣氛下。雖然故事結尾讓讀者有些傷感，但我想作者滿心期待外星特務貓能幫忙確立終結新冠肺炎的SOP吧！

・林昀臻：

從主角開始養起了四瞳之後，許多的怪事及危險就不停在主角身邊圍繞，感覺就像被四瞳救了一命的代價，刺激的過程很有趣！不得不說，這篇故事在晚上自己一個人讀的時候總令人不寒而慄呢。

・阮亮介：

雖然是比較長的中篇故事，卻很吸引人讓人看不膩。特別是描寫到肺炎病毒的入侵，對應了這幾年肆虐全球的新冠病毒的現況。當這篇作品連載刊登時，相信讓許多因為病毒而被迫關在家裡上線上課程的小孩打發了無聊的時光，也讓讀者同步聯想身處的環境，甚至期待著會不會哪天在回家路上也遇到自己的四瞳呢！

・張桂娥：

作品名稱開始就破題透露了「四瞳」的真實身分，讓讀著在已經建構後設認知的基礎上，活用先備知識鳥瞰這部科幻童話的故事架構，運用高階閱讀策略「感知」或「預測」故事後續發展的動向，才能順利在長達一個多月的時間，耐心讀完一部連載三十二次的中長篇作品。當然故事主題與當今影響全球公民生活最深刻的病毒話題緊密結合，也是吸引關注的重要因素。

魔奇心旅・漂航號

謎遊物宇宙

斑馬線找斑馬

巫佳蓮

插畫／劉彤渲

作者簡介

台大日文系畢業。當過童書編輯、翻譯和老師，夢想是用故事征服宇宙。喜歡像鴨子和青蛙一樣吵鬧，臉書專頁「巫佳蓮的故事鑄字行」裡，還有更多她的呱呱叫。交流信箱：gagawu777@gmail.com

童話觀

童話是能把大腦旋太緊的螺絲轉鬆，從生活的所思所想中誕生的美麗文體。

大家都說到了半夜，中正路旁種著小小垂榕的陰暗小巷。明明沒有人，卻會傳出說話的聲音……

「『斑馬』是什麼？」

「聽說，和小狗阿黃、小貓花花一樣，是一種『動物』！」

「為什麼我們叫『斑馬線』啊？」

「對啊！為什麼不是『白頭翁線』、『魷魚線』、『毛毛蟲線』？」

原來，忍耐一天不說話的斑馬線們，每天晚上都會忍不住聊起天來。

「不如我們去問問看『斑馬』吧！」

中間的白線大聲的說，其他的白線想了一想，也覺得是個好主意。

斑馬線們沒有離開過那條種了小小垂榕的巷子。

它們不知道爸爸媽媽是誰，也不知道自己為什麼叫「斑馬線」。不過，一樣叫作「斑馬」的傢伙，應該會知道吧？

於是，在人們呼呼大睡的時候，它們悄悄出發了。

一開始，斑馬線們非常緊張。它們擔心被人看到，所以只要有車輛經過，馬上就像忍者一樣，融合在四周的景物之中！

它們一下讓電線桿變成酷炫的條紋裝，一下讓黑色的車變成「斑馬車」；有時候，四周什麼都沒有，它們只好自己站好，假裝是新的斑馬線……簡直就像是在玩「一二三木頭人」似的！

斑馬線們遇到野貓們半夜開會，討論哪裡可以用「喵喵叫」騙到好吃的貓罐頭；還遇到黑冠麻鷺們一邊找東西吃，一邊抱怨人類動不動就叫牠們「大笨鳥」……斑馬線們玩得好開心，完全忘記要去找斑馬了。

「啊！你們知道哪裡看得到『斑馬』嗎？」一條白線終於想起來。

「要做什麼？台灣的路上……沒有斑馬……」領角鴞轉動著骨碌碌的大眼睛說。

「我們想問斑馬，為什麼我們要叫『斑馬線』？」

「你們這樣亂跑，哪裡像斑馬線呀？」

松鼠看了它們一眼，朝遠方伸出手指，「這條路繼續走，就會到動物園，那裡應該有斑馬！」

「謝謝你！」

「快天亮了，記得在人類醒來之前回

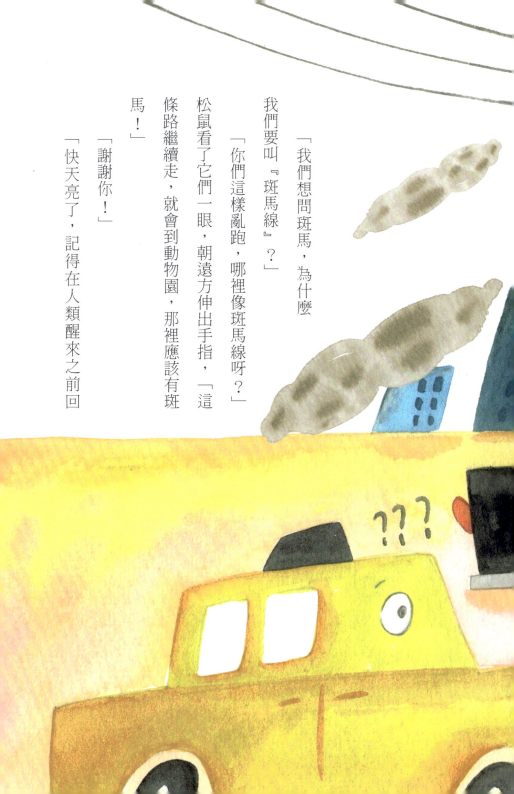

來呀！」松鼠向它們揮揮手。

原來……已經快要天亮了！

「要天亮了，快呀！快呀！」

沒想到快樂的時間過得那麼快！斑馬線們怕被發現，拚命奔跑著，希望能在天亮前準時回去。結果，眼看動物園的大門就在前面了，路卻被一群戴著安全帽的工人圍了起來。

「可惡！怎麼回事呀？」

動物園的附近非常空曠，斑馬線們不知道該躲在哪裡好，只好在馬路邊勉強疊在一起。

「這樣不會被發現嗎？」一條白線不安的問。

「我們長得那麼像，沒問題啦！」

只見工人們開始忙碌的動起來：有的人開始掃地，有的人開始在機器裡加粉末。不久，機器就冒出白煙。

然後，兩個人牽起一條線，用力彈了一下——柏油路上馬上就像用粉筆畫過一樣，出現了筆直的白色細線！

「太酷了吧！」一條線忍不住叫了出來。

「噓……」

不過，更吃驚的還在後頭。另一個工人推著一台會流出油漆的車子出來，沿著地上的白線往前進……然後，新的斑馬線就出現了！

他們推著車子移動來、移動去，非常熟練，好像在馬路上畫畫一樣。接著，斑馬線出現了，馬路標線出現了，「減速慢行」也出現了……每條線都又直又整齊，好像魔法一樣。

「原來我們不是斑馬生出來的啊。」一條白線喃喃的說。話才說完，其他白線就忍不住笑了出來。

「咦？這裡的線好像比較寬。」一個戴著眼鏡的工人聽到笑聲，狐疑的轉過頭來，看著疊在一起的白線們。斑馬線們嚇得屏住呼吸，一動也不敢動。

工人伸出手，輕輕的摸過它們的背——那是一隻時常被油漆燙傷、傷痕累累又溫暖的手。

斑馬線被這隻手摸到的時候，不知道為什麼覺得好安心。

天亮了，斑馬線們趁標線工人們忙碌的時候偷偷溜走，終於平安的回到了那條有著小小垂榕的巷子。只見一個小孩和一個爺爺慢慢走了過來。

「中央伍為準！」中線跑回原本的位置，充滿活力的大喊：「向我看齊！」

在一陣慌亂之中，白線訓練有素的回到原位。小孩和爺爺要過馬路的時候，它們已經和出發之前一樣整齊了。

「阿公，斑馬線好直喔……」小孩走過斑馬線，發出佩服的聲音。

斑馬線們想到不久之前才在到處亂跑，覺得好好笑；想到標線工人認真工作的畫面，又覺得自己是斑馬線，真是太好了。

等他們離開之後，一條白線說：「下次我們還是可以去看斑馬吧？」

「對啊！看是牠比較直，還是我們比較直！」另一條白線說完，斑馬線們都笑了。

雖然斑馬線們看起來既乖巧又整齊，但是它們已經在期待下一次出門了！

——原載二〇二二年四月《未來兒童》第九十七期

編委的話

・游愷濬：

為了不造成大家的不便，工人們經常利用夜晚的時間在修補馬路或繪製標線；還有大清晨，當眾人仍在睡夢中，許多人也在辛勤的工作，讓我們的生活更便利更舒適。這個故事再度提醒我，如果路上沒有斑馬線，行人過馬路會很危險啊！所以希望斑馬線們還是別亂跑喔！

・林昀臻：

「白頭翁線」、「魷魚線」或「毛毛蟲線」的發想引人發笑，也令我開始思考為何不是「熊貓線」、「馬來貘線」或者是「浣熊線」？我很能同理長期忍耐，總是悶不吭聲的斑馬線，為何會萌生出走尋找斑馬的念頭！我只要一想到白天道路上人們熙來攘往，千萬腳印都踩在斑馬線們的臉上，就覺得好殘忍，為它們感到可憐啊。

・**阮亮介：**

斑馬線不但是平面而且還是分割的，說到底它們也只不過是一條條漆在馬路上的白漆，居然也可以擬人化當上童話的主角，真是很天馬行空，太有趣了！原本以為斑馬線們知道了自己的身世原來這麼虛幻，會失望透頂；但沒想到斑馬線們就像找到媽媽一樣，看到馬路工人的手感到一股溫暖，心滿意足的回去站崗。好純真的斑馬線啊！留下了令人暖心的結局。

・**張桂娥：**

童話宇宙賦予萬物靈性，因為好奇自己生命的起源而展開探索身世之旅，希望解碼自己從何而來、為何誕生之謎。為了尋找解謎線索，斑馬線漫無目的漂流在原生城市展開一段驚險大迷航，過程中險象環生也處處發現驚喜。作者為主角形塑執著真誠的人物造型感動了讀者，徹夜守護它們找到答案並結束這趟謎遊物宇宙奇旅，平安歸來。鼓舞人心又勵志幽默的溫馨小品。

垃圾場裡的字典哥

林哲璋

插畫／吳嘉鴻

作者簡介 ……………………………………………………

信奉「淺語的藝術」（林良爺爺對兒童文學的定義），希望取悅「未來的大人」及「長大的小孩」（兒童文學是全家福文學、長壽文學——兒時讀，當了爸媽讀，成為爺奶也有機會讀）。明白「俯首甘為孺子牛」後，目前悟其上聯。

童 話 觀 ……………………………………………………

大人文學對童話反派人物道德批判？滑稽度不遜於童話，兒童文學不能重蹈覆轍！畢竟「詩三百，一言以蔽之，曰『思無邪』。」「見賢思齊焉，見不賢而內自省也。」文學或許有萬般積極定義，但消極定義唯有：禁止文字獄！

垃圾場裡，來了一本字典。

大家很好奇，泛黃的百科全書「黃百科」來這兒是因為全身蒙塵帶水漬、每頁發皺長黴斑……字典哥看起來不像垃圾，到底是什麼緣故來到垃圾場？

「你看起來很新，不舊也不破……就算不在家庭書架上躺著，至少也該在舊書攤上等待新主人，怎麼會流落到這裡？」熊形餿水桶「飯桶熊」好奇的問字典哥。

「我也不知道……」字典哥憤世嫉俗，滿臉不甘願：「我肚子裡的墨水不會輸給黃百科，而且我的外表乾淨、整潔、完整無瑕，誰能跟我比……我不是垃圾，我不該待在垃圾場，我應該活躍於出版業、學術圈、教育界……我太冤枉了！」

「是呀！看你沒被翻過幾次，整本書像新的一樣，不像我好幾頁都黏在一起，每一頁都蟲蛀、火燒、水泡……」連黃百科都為字典哥叫屈。

「人類也太不像話了……」缺角玻璃瓶「躺躺瓶」看不下去，發出正義之聲：「字典哥就算是當作可回收垃圾，身價只能值幾分、幾角，甚至比我還差；若是待在書店、舊書攤，那是幾十、幾百的身價呀！到底是哪個浪費又缺德的人類，害你淪落至此？」

「是呀！是呀！就算是家庭寵物狗被丟棄，至少還能去動物收容所；我家庭萬『字』通——字典哥——就算被主人嫌棄，最差也是送去圖書館、舊書店的待遇，怎麼會在這裡？老天爺呀……我懷才不遇，你天妒英才啦！」字典哥仰天長「罵」，不但尤人，而且怨天。

然而，沒辦法，字典哥身不由己，必須在垃圾場待下來。

字典哥雖然身處髒兮兮的垃圾場，可是他潔身自愛，將自己維護得金燦燦、亮晶晶，一點兒髒亂也不沾，時時刻刻保持自己來此做客的形象，日日夜夜期待自己回到熟悉的書架。

字典

有一天，飯桶熊因為忘記了運輸的「輸」字怎麼寫，跑來請教字典哥。

字典哥聽了之後，眉頭緊皺，面露不屑，大聲喝斥：「我的字典裡沒有『輸』這個字，只有『贏』，我絕對是贏家，不可能輸！」

飯桶熊丈二金剛摸不著頭緒，抓著頭，滿臉疑惑的離開。

又過不久，二手創口貼跑來問貼錯了的「錯」字怎麼寫……

字典哥聽了之後，勃然大怒，面紅耳赤，高聲斥責：「我的字典裡沒有『錯』這個字，只有『對』，我永遠是對的，不可能錯！」

接下來，其他垃圾場的居民來問字，字典哥的回答總是如下——

「我的字典裡沒有『難』這個字！」

「我的字典裡沒有『怕』這個字！」

「我的字典裡沒有『放棄』！」

「我的字典裡沒有『失敗』！」……

漸漸的，垃圾場居民們不來請教字典哥字該怎麼寫了；慢慢的，垃圾場居民們明白為何字典哥出現在這裡了……

「字典哥會漏字，那不就和我會漏氣一樣？」垃圾場裡的頑皮小球歪著頭說。

其他居民點頭如搗蒜，然後……他們就準備好接納字典哥成為他們其中的一員了。

——原載二〇二二年四月七日《國語日報・故事版》

編委的話

・游愷濬：

真正的字典，任何字都不應該漏掉，但故事裡的字典哥翻開後卻找不到負面的字。它不但沒發現自己失去了功能，還很偏頗的不容許自己出現負面的字，更沒有察覺到自己的人生跟言論早已充滿負面的表現。當垃圾場的夥伴們告訴它真相時，既不承認也不面對，真的很可悲啊！

‧林昀臻：

每個人都希望世間只有快樂，沒有悲傷離別或死去。字典哥想必也抱持著同樣的想法，只是他太過於執著這點了！有時候也需要一些負面詞語，才能刻畫出人間的情感及悲歡離合。如果一個故事，只有平鋪直敘的內容，主角一直維持在快樂的舒適圈，沒有高潮迭起，怎麼會受歡迎？我想字典哥若能自我反省並虛心向大家學習，一定能成為完美無瑕的好字典。

‧阮亮介：

這篇以垃圾場為背景的童話故事，立刻勾起了我的好奇心。隨然簡短卻很有創意的生動故事，寫出了不可一世的臭屁字典哥的性格，尤其稱之為「哥」用得可真好啊！這個故事讓我想到身邊有些死不服輸的朋友、不愛認錯的弟弟，還有遇到尷尬事就老愛亂掰亂解釋的我自己……。看樣子有很多人還真不適合編字典呢！

• 張桂娥：

一篇千字左右的極短篇童話作品也能獲得巨大的回響，這就是「字」的力量！字典哥的人物造型特別吸引人，讓很多跟字典哥一樣自以為是、堅持自己想法最正確最合理的執著魔人型特質者，讀來雖尷尬卻也能與之共鳴，產生一種「是的，我懂你」「哎呀，你懂的」惺惺相惜感。雖然只是發生在被人遺忘的垃圾場的不顯眼角落的一場鬧劇，卻道盡糾結人生的迷思啊！

魔奇心旅・導航號

悠遊心宇宙

拜託拜託土地公

童　言

插畫／劉彤渲

作者簡介

孩子幼時，為他們讀了許多童話。這些故事以夢想、溫暖、勇氣、創意與美感滋養了我的孩子。而今我的孩子長大了，於是開始提筆為每一個過去、現在與未來的孩子寫故事。故事與記憶或許會隨時光淡去，但溫暖能留駐孩子的內心。

童話觀

童話是內容與題材適合兒童閱讀的作品，但讀者卻不受限於孩童。透過不同的寫作視角，以容易閱讀的文字，將跳脫現實的邏輯、別出心裁的想像力、輕鬆愉快的幽默感、撫慰人心的愛與勇氣等元素，呼應我們日常生活中面對的各種情境。從而刺激讀者多元的思考，激起情感共鳴，傳遞溫暖與力量。

從前從前有個美麗的地方，種了三棵桃樹，過往行人從石頭溪前往三角湧經過桃樹下，就在桃子腳下乘涼休息。

那裡住了土地公和土地婆。祂們每天清晨出門，看看溪圳、巡巡田野，在桃樹下聽聽鄉人的心願，夜裡再到大家的夢中說說話，日子過得祥和又寧靜。

時光飛逝，滄海桑田。水田變大樓，田埂成馬路。桃子腳蓋了一所中小學，學校成了土地公的鄰居，有了一到九年級的小朋友在土地公轄區學習，好不熱鬧。

「老伴啊，我覺得你最近又瘦了。」土地公發現土地婆的衣服都不合身了。

「在小朋友後面追來追去，運動過度。」明明老師交代不能在走廊奔跑，但總有橫衝直撞的孩子需要守護，想起那些拈香祈求孩子平安的父母，土地婆真是操碎了心。

「老伴啊，我覺得你的鬍子又斷了好幾根。」土地婆看了看土地公，土地公原本漂亮的鬍子現在有點參差不齊。

「唉，每個家長都想要小孩第一名，但是哪來那麼多第一名啊。」土地公一邊扯著鬍子一邊想，今晚又要到好多家長的夢裡談話，孩子當不成別人的第一名，當自己的第一名也很好啊！人數這麼多，看來得廣播託夢了。

「老伴啊，你說我們是不是該去進修一下，跟財神爺學點投資學，向文昌帝君學學教育學，到註生娘娘那學習兒童和青少年心理，然後再去保生大帝那邊讀一點健康概論……」土地公回想了一下大家的心願，真是種類繁多，每一聲拜託，祂都好想幫忙。

「不行不行，這樣我們會過勞，光是這群孩子就忙不完了，還是趕快把大人的心願整理好，回報給眾神明比較實在。」

土地公點點頭，今晚祂除了要跟家長廣播談心，還要去老師們的夢裡分發耐心糖和愛心餅，行程很緊湊。還有這學期小善每天都來拜託土地公讓他考一百分給媽媽當生日禮物，現在考完試了，得看看小善考得怎麼樣。

這段時間小善好努力，每當小善累了，土地公和土地婆就送來帶著花草香的微風讓小善醒醒腦，附近的夜鶯都被土地公要求降低音量，免得讓小善睡不飽。

「還是不行啊……」土地公輕輕嘆了一口氣。

「進步了啊！」土地婆帶著微笑，細心的將小善的考卷整理好。

隔天，拿到考卷的小善有點傷心，他真的好想考一次一百分送給媽媽。午休時小善趴在桌上，忍不住默默流淚。

「小善啊，我發現你很努力，而且還進步了呢！我要給你一個努力獎和一個進步獎，要收好喔。」

小善在夢中看見土地公慈愛的摸了摸他的頭。鐘聲響起，小善睜開眼，桌上有兩朵美麗的桃花。小善驚訝的往窗外看，桃樹已經開花了嗎？

「哇，好漂亮的花，可以給我嗎？」同學吱吱喳喳的圍過來，大家都在尋找哪裡來的桃花。

「是土地公給我的喔，我要送給媽媽當生日禮物。」小善慎重的將桃花收好。

桃子腳孩子的心願，不管大小，土地公和土地婆都仔細傾聽。

但是，有些心願，對神明來說也好難啊！

「拜託！拜託！土地公，讓嚕嚕米好起來。」

「拜託！拜託！土地公，不要讓嚕嚕米離開。」

「拜託！拜託！土地公，我要嚕嚕米。」

最近孩子們的心願不再是比賽、考試、朋友吵架或玩具，大家都牽掛著一件事，每天都有孩子來拜託土地公不要讓校狗嚕嚕米離開。

土地公看著懶洋洋的嚕嚕米，試著減輕她的疼痛。時間過得好快，一轉眼

嚕嚕米已經陪伴大家十一年了，以前天不怕地不怕、活潑愛笑的嚕嚕米，現在因為生病再也跑不動，只能坐在校門口看著可愛的孩子們，努力對大家搖搖尾巴，忍耐的吃下孩子們準備的藥。

「很累吧？」土地婆順了順嚕嚕米身上的毛。

「還有沒有什麼心願？」土地公摸了摸嚕嚕米的頭。

嚕嚕米看向最愛的校園，快放假了，不知道還能不能再一次迎接小朋友開學？

土地公拍了拍嚕嚕米，說了聲：「去吧！」

一股力量湧進嚕嚕米身體裡。嚕嚕米邁開輕快的步伐，走過她和小黑守護的校門，走過有孩子讀書聲的教室，走過安靜的圖書館，走過充滿歡笑的球場，走過老師們腦力激盪的會議室，微笑著向每一個孩子、老師說再見。

嚕嚕米走到欒樹下，拜託欒樹提醒孩子注意季節的變換。她走到樟樹下，拜託樹上的鳥兒們不要忘記用歌聲安慰遭遇挫折的孩子。她來到生態池邊，拜託小青蛙教給孩子生命的變化與尊重。最後她走到桃樹下，和小黑碰了碰頭，小黑總愛跟在嚕嚕米後面，但以後這大大的校園就要交給小黑自己守護了。

看著嚕嚕米和小黑相伴在桃樹下，土地婆紅著眼眶扯了扯土地公的鬍子，土地公連忙保護越來越少的鬍子，疼得祂眼眶也有點紅了。

孩子們的拜託沒有隨著暑假停止，連夢裡也不忘拜託拜託土地公。但嚕嚕米還是離開了病痛的身體。

土地公帶著變得輕盈透明的嚕嚕米，看著師長和孩子們小心的將嚕嚕米化成灰燼的病痛埋進樹下。孩子們哭了，嚕嚕米焦急的跑來跑去，想告訴大家她現在很好，但是孩子們看不見。

土地公抱了抱嚕嚕米說：「雖然看不見，但有一天他們會在心裡感覺到。」

嚕嚕米飛起來，舔乾孩子們臉上的淚水。眼淚涼涼的，孩子們的臉暖暖的。

現在你若走到桃子腳這地方，有一座美麗的校園，學校裡種了桃樹，桃樹下有可愛的孩子們以及一隻因為膽小而裝得凶巴巴的校狗小黑。

學校旁住了土地公、土地婆和土地犬嚕嚕米。祂們每天逛逛馬路、看看校園，到桃樹下聽聽大人小孩的心願，晚上要對家長夢中廣播，要幫老師打氣，還要傾聽孩子拜託土地公的心事，日子過得快樂、忙碌又充實。

——原載二〇二二年四月八—九日《國語日報・故事版》

編委的話

・游愷濬：

即使是神仙也有很難幫人們達成的願望，其中之一就是有關於身體健康與生命的消逝。所幸我的每個小願望不需要「神」救援，家人們幾乎都可以幫我達成。至於那些需要自己努力才能達成的願望，不管拜託什麼神都沒用，得靠自己奮鬥才行啊！

・林昀臻：

故事裡的土地公很辛苦，有很多小孩在向土地公許願，尤其是「考試可以考第一名」的願望特別多！換作是我，我會許比考一百分還要更大的願望，讓自己一次就獲得最大的好處，這樣也可以減少土地公的煩惱，那該多好！

・阮亮介：

作者把善良慈祥的土地公土地婆的形象寫得很柔和很溫暖，感覺真的就像自己家裡的親戚一樣，是隨時守護庶民日常生活的好神明。不過考卷還是要自己寫，光是拜託土地公也不可能考一百分的！讀了這篇故事後，讓我也想要雙手合掌，說聲「多謝多謝土地公」！

・張桂娥：

生動描繪民眾與土地公婆之間的熱絡互動，活靈活現的對話場景，讓讀者有參與線上直播的臨場感，立體的人物造型，讓讀者留下深刻印象，直到作品結束時嘴角仍然上揚，忍不住複誦幾遍具有療癒效果的禱詞「拜託拜託……」。當人感到徬徨無助時，即便知道天地神靈並非有求必應，但身旁若有神佛可以討拍求救兵的話，心靈能量一定可以迅速充飽再續航人生吧！

魔法老師
古莫華

王文華

插畫／吳嘉鴻

作者簡介

兒童文學工作者，出版有《可能小學的歷史任務》、《歡喜巫婆買掃把》、《梅子老師這一班》、《時光小學》等書，得過金鼎獎、陳伯吹國際兒童文學獎，牧笛首獎等，主持臉書粉專——王文華的童話公園，歡迎您上去找他聊聊天。

童 話 觀

宇宙神奇之處，在於萬象皆有可能，只因，在可能小學裡，沒有不可能的事！

怪獸老師

湖光國小新來的怪獸老師，小時候也讀我們學校。

長得高高帥帥的怪獸老師，其實很愛說故事，他一開口，我們就豎起耳朵，吵雜的教室立刻安靜。

這幾天，學校百週年的校慶音樂會要登場了，我們忙著練習，無心上課，怪獸老師想起他在這裡讀書的日子，那年，他碰上的是八十週年音樂會。

怪獸老師說，八十週年的場面很盛大，有四十把小提琴，二十把長笛，台下的家長、老師和小朋友個個聚精會神，連沒有音樂細胞的人，也能聽出那場音樂會有多麼高的水準……

但是，三年級的阿搞卻跑上台。

「阿搞，好好笑的名字！」

我們笑得好開心：「怎麼會有人叫阿搞？」

「真的嘛，他就叫阿搞。」怪獸老師說，阿搞穿過小提琴，經過長笛手，走到指揮的老師面前。

台下的學生騷動起來，台上的小小演奏家愣了一下，指揮老師很想當作沒看到，阿搞卻站在她對面，學著她指揮。

兩隻手亂扭，兩條腿亂踢。

幾個低年級的孩子忍不住，笑了。

笑聲會傳染，更多孩子跟著笑出來。

嘻嘻嘻，哈哈哈！

來賓們以為，阿搞是特別安排的節目，想帶來驚喜。

於是，有人鼓掌了，熱烈的掌聲中，不少人朝著校長豎起大拇指。

校長坐不住。

阿搞是三甲的學生，他們的古莫華老師也在台上，正在勸阿搞下來。

「不要！不要！」阿搞在台上跑來跑去，快樂的喊著。

魔法老師

湖光國小的孩子都知道，古莫華老師有魔法。

古老師寫黑板時，沒人敢在底下作怪，因為她不必轉頭：

「謝明志，把糖果吐出來。」

「張英哲，不准欺負女生。」

「李志偉，漫畫還不收起來？」

十次有十一次都說中，湖光國小的孩子，每一屆都會叮嚀下一屆：「古莫華老師有八顆眼睛，你做什麼，她都知道。」

就算她不在場，她。也。知。道。

湖光的孩子喜歡掃廁所，去外掃區掃落葉，抬回收品到資源室。他們總是伸長手，希望被老師選中，那就可以……

在廁所打水仗，尤其是夏天。

到外掃區，舉著掃把揮大刀，揮得落葉滿天飛。

還有，進資源室尋寶。曾有孩子在裡頭找到前一年考卷，因此考了滿分。

這些孩子的衣服沒弄溼，襪子上沒有一片落葉，連撿到的考卷都藏在外頭。

但是古莫華老師推了推鏡片，慢條斯理的問：「剛才……」

老師這麼一問，孩子自己就全招了：

「古老師，不光是我玩水，還有六號、七號和九號。」

「老師，我們只玩了一下下。」

「都是佩芬叫我去玩的，我說不好，她卻說沒關係。」

回家不寫功課，古老師也知道，前一天晚上你做了什麼：

逛夜市？

看電視？

偷懶早上床？

不必打人，不用罵人，犯錯的小孩，一個個低著頭，自動承認錯誤，然後哭得稀哩嘩啦：「我以後，再也不敢了。」

為什麼會對老師這麼說？

為什麼會哭得那麼慘？

沒人答得出來，沒人能說明白，古莫華老師班上的孩子，就是乖巧、體貼和守法，對了，他們成績也特別好。

「一定是有魔去。」

「絕對是魔法。」

上數學課時，很多孩子都記得，教室裡好像出現一間商店，古老師用糖果用餅乾，教他們學會加減乘除和分數。下課時，孩子們的嘴裡都還有甜甜的楓漿味兒，但是回頭一看教室，教室裡只有課桌椅和講台，哪兒來的餅乾和糖果罐呢？

可是，就學會數學了啊。

而且很少出錯。

上作文課時，很多孩子也記得，古老師的黑板像是電影院，什麼起承轉合，什麼看聽感想做，什麼修辭和結構，那些聽起來很難的名詞，悄悄跑進他們的文章裡，下課鐘聲響，一篇文章就交出去了啊，寫得還挺好的，自己揉著眼睛都不敢相信，那時怎麼寫出來的。

這樣的文章，投稿會刊出來，比賽還能拿獎。

更別提自然課，青蛙、紅鶴和參天巨木，彷彿都跑進教室裡；講到社會更精采了，許多孩子信誓旦旦，他們在教室裡，見過四百年前的台灣，他們親眼看過古老的教堂，美麗的博物館，還有鄭成功趕走荷蘭人那一剎那。

「在你們教室？」媽媽們不太相信。

孩子們點點頭。

媽媽們摸摸孩子額頭：「沒發燒啊！」

真的沒發燒，考試卻真的考很好。

更應該說的是，不少孩子後來去動物園當研究員，長大成了歷史學家和地理學者，原因都出在古老師的課堂。

古老師，絕對有魔法，才能教書多年，不打人，不罵人，沒人敢搗蛋。

除了阿搞。

轉學生阿搞

阿搞是轉學生，來的時候是三年級，只會講兩句話，好和不要。

不會注音符號，不懂加減乘除，不知道上課的規矩，不懂尖叫時要先舉手。

他只知道，餓了就大叫，想上廁所也大叫，不想上課的時候，阿搞就爬到樹上去：「不要，不要。」

阿搞的媽媽來自南方小島，他出生後，跟著媽媽回小島，沒有人知道他在島上怎麼生活的，只知道媽媽生了一場病，走了，上天堂了。

阿搞的爸爸搭著飛機，把他帶回來。

好像，聽說，謠傳：他們住的地方在森林，他從小在樹上長大。

「樹上長大，那不是猴子嗎？」孩子們猜：

「說不定，阿搞真的是猴子呢？」

阿搞喜歡爬到樹上去，校園裡的榕樹、樟樹或椰子樹，只要阿搞想爬的樹，他就爬得上去，簡直像猴子一樣。

不只一次，全校的學生都看到，年近六十的古莫華老師，站在樹下輕聲細語的勸他：「下來，阿搞，下來好不好？」

「不要！」這是阿搞會的其中一句話，嘻嘻笑著，然後就越爬越高。

敢跟古莫華老師說不要？

他不知道古老師有魔法？

全校的孩子倒吸一口冷空氣，想著古老師不知道要施展什麼魔法，讓這隻小猴子自己掉下來。

然後，然後大家就看到，古老師脫了鞋子，也爬上去追他。

幾個老師在下頭勸：「古老師，別爬了，您年紀大了啊。」

校長還用麥克風：「古老師快下來，那個誰誰誰，通知救護車。」

更多孩子帶著疑惑：

「古老師怎麼不用魔法？」

「她應該很快就會施法了。」

湖光國小的孩子，個個趴在窗台等著看好戲。

一秒兩秒，一分鐘兩分鐘。

阿搞越爬越高，越爬越高，幾乎要爬到天上去了。

古老師爬不了那麼高，她勸：「阿搞，阿搞，下來啦。」

突然一陣大風吹，古老師抓不住樹枝……

唉呀，窗台上的孩子，四周的老師，大家的心都快跳出來了。

幸好，古老師死死抱著樹幹，人沒有「倒頭栽」。

「好啦！」樹上的阿搞滿意了，下來了。

「謝謝你。」臉色蒼白的古老師說。

「原來，古老師沒有魔法？」不少孩子想。

「會不會她老了，魔法不靈了？」更多孩子猜。

「一定是這樣。」

「絕對是這樣！」孩子們終於有志一同的說。

老師沒魔法

沒有魔法的古莫華老師，一點兒也不可怕，她就只是個滿頭白髮，年紀老老的老師啊～

後來，湖光國小，常常出現這種畫面：

掃地時間，阿搞在外頭跑，古老師在後頭追。

別人掃好的落葉堆，阿搞衝去踢一腳，笑嘻嘻。

古老師搖搖頭，老態龍鍾的拉著他，回去把葉子再掃一次。

別的小朋友抬著回收桶，阿搞也會跑過去，用力一撞，風一吹，那些紙張、塑膠袋滿天飛，小朋友氣哭了，還是古老師帶著阿搞，要他幫忙撿回桶子裡。

「不要。」阿搞好像這麼說。

「掉下去的，撿起來。」古老師動手撿，她先撿了一張又一張，阿搞站在她旁邊，就像導護老師，監督她，有沒有把回收撿好。

上課的時間，阿搞跑到校園，就在走廊大吼大叫。

古老師追出來，她跑得慢，有的孩子還偷偷在心裡喊加油。

那畫面很奇怪，像猴子一樣的孩子在前面，跑不太動的老師在後面。

「你別跑那麼快啊。」

「你跑太慢！」阿搞在前面說，原來他會說第三句話了，本來距離很遠，但阿搞會放慢腳步，等到古老師慢慢跑到了，再讓她牽著回教室。

「上課了。」古老師說。

「上課了。」阿搞說，這是他會的第四句話。

下課的時候，古老師在教室裡學注音符號。

放學的時候，阿搞留在教室裡算數學。

「算完才回家。」古老師說。

「算完才回家。」阿搞說，這是第五句話，而且，他竟然在算數學耶，很多老師都記得，這個像猴子的孩子，多痛恨拿筆，一拿筆就在牆上亂塗亂畫。

風吹進湖光國小，外頭湖光瀲灩，阿搞跟其他同學邊寫作文邊聊天。

偶爾，阿搞想把抽屜裡的棒棒糖拿出來嘗一嘗。

「阿搞，」背著他們寫黑板的古老師連頭都沒回：「放下！」

於是，全班孩子都知道，魔法又回來了。

阿搞越跑越慢，從坐得住一節課到兩節課，會說的話，越來越多，越多越多。畢業時，他甚至代表畢業生上台致詞，他致詞完，還跑去抱了抱校長。

新來的校長嚇了一大跳，從沒有孩子會抱他啊。

這個畢業生……

這個畢業生望著台下的古莫華老師，古莫華拭拭眼角，這天既是阿搞的畢業典禮，也是古老師的退休儀式。

會場裡裡外外，全是古老師教過的孩子，他們手裡都有花，包括阿搞。

不過，大家想知道的是：

「你怎麼辦到的？」

「一個像猴子樣的孩子……」

「用了什麼魔法？」

她一定有魔法。大家都這麼說。

別想作怪

怪獸老師說到這裡，停了一下，他的眼鏡閃著光：「古老師沒有回答，她就這樣退休了。」

「她怎麼辦到的？」我們問：「怎麼可能把一個像猴子的孩子，教到那麼厲害？」

「說簡單也不簡單，她天天陪著阿搞，一筆一筆的寫，一句一句的教，牽著他的手，在紙上寫寫畫畫，她的魔法說穿了就是耐心，陪著想念媽媽的阿搞，學習媽媽來不及教他的本事，好了，還有問題嗎？」

班長的手舉得高高的：「老師，你怎麼知道得這麼清楚？」

「對啊，對啊。」

「你被古老師教過？」

「還是，你就是阿搞？」

怪獸老師鏡片閃過一道光，他笑了笑：「上課囉，別想作怪，因為我不用回頭也能看得到。」

——原載二〇二二年五月《未來兒童》第九十八期

編委的話

・游愷濬：

古莫華老師是傳說中的魔法老師，擁有神奇的魔力，學生只要遇到她就別想作怪。即使遇到一位不受控制的轉學生阿搞她仍然施展著「魔法」，讓阿搞適應團體生活守規矩，還學會各種知識呢！原來那魔法就是「耐心與陪伴」，給阿搞嘗試學習的機會，等他慢慢成長進步。

・林昀臻：

看完故事之後，發現古莫華老師的魔法其實就是耐心陪伴、關懷與愛。除了感受她對學生的關愛以及陪伴外，也看到老師的辛苦。老師就像智慧的化身，自己學會知識是一回事，但要用愛和耐心把知識教給學生又是另一回事，耐心教導阿搞的古莫華老師把這點做到近乎完美啊！

・**阮亮介：**

怪獸老師究竟是不是阿搞？這一點作品中沒有直接寫出來，依舊是讓讀者去思考，留一個想像力的空間。再三閱讀之後，我才慢慢了解其中的深意。其實，可以把學生的腦袋從石頭變成閃亮寶石的老師，也能稱之為神奇的魔法師吧！

・**張桂娥：**

作者開頭安排「怪獸老師」登場鋪哏兒的敘事手法富有創意，如燈塔般導航讀者穿越時空背景，重返「魔法」發生的舞台現場，見證師生經驗傳承的歷史場景。讀者得解謎「怪獸老師」真實身分才算完成故事最後一塊拼圖呢！

小主編的話1

閱讀童話的挑戰與樂趣

游愷濬

一年前，我還是國小二年級，讀童話是一個很大的挑戰，生字生詞很多，常常讀著讀著就卡住了，需要查字典或問媽媽的頻率很高，而且很多童話我都看不懂它到底想告訴我什麼。這一年來跟著主編老師定期開會討論，老師會引導我們討論喜歡和不喜歡每一篇的原因，我聽著哥哥姊姊不同的感受和意見，加上平時媽媽也會和我討論，這一年過去我慢慢可以順利的自己閱讀童話跟選擇自己喜歡的童話風格。

自從當小主編之後，我每週重複去閱讀故事，除了更能表達我自己的看法，也學會使用比較多成語和形容詞。雖然有時候還是不懂作者到底想表達什麼深刻的寓意，也需要從與哥哥姊姊的討論中得到啟發；但至少我可以說我不怕挑戰閱讀童話，也可以嘗試從故事裡去推測作者想提醒我們的事情。閱讀最大的樂趣之一，就是每個人讀後的感受都不見得相同，

「感受」這件事是沒有對錯的。

回想這一年讀了幾百篇童話，發現我心中有些特別喜歡的童話元素，我喜歡古時代背景的童話多於現代背景的童話，覺得比較有想像的空間，這可能跟我喜歡看古裝劇或金庸武俠劇有點關係吧！

我喜歡以動物為主角的童話多於以人為主角的童話，覺得要是動物真的會講話這世界該有多熱鬧，生活中的物品擬人化的故事也很有童趣。我經常在讀完某一篇擬人化的故事之後，隔天腦袋一直看著那個物品想像自己跟它對話！

我很喜歡內容有成語的童話，特別喜歡作者拿成語來幫動物角色取名字，覺得非常生動。我不喜歡開放結局未完待續的童話，不愛有離別跟死亡情節的童話，可能我這個年紀還不習慣也害怕分離。我還喜歡看了會哈哈大笑的結局的童話，每次想起情節都會忍不住笑出來的童話最棒了！有些童話讀第一次沒什麼特別的感覺，但隔一段時間再來閱讀，竟然也發現了第一次沒有感受到的有趣或感人之處。

每一篇童話都是作者們用心創作出來的故事，能夠被刊登在報紙或雜誌上，就已經經過編輯的挑選，是適合兒童跟少年閱讀，所以是讓爸爸媽媽安心的童話（笑）。每個人喜歡的童話的樣貌不同，每個年紀讀完的感受也不同，這是閱讀童話的樂趣。建議大家可以拿出一篇童話，和爺爺奶奶爸爸媽媽哥哥姊姊弟弟妹妹一起讀，之後大家分別寫下感受或心得，再傳閱分享，就會發現其中的差別以及自己可能沒有發現的「驚喜」。

這次我們三位小主編在討論中就經常有不同的喜好跟意見，現在的我，還滿期待作家可以改編東西方經典童話故事或創作武俠小說情節的童話，這在我們今年閱讀的故事當中幾乎不太有出現。也許我長大以後，喜歡的童話的樣子會不同，但媽媽說愛看童話的孩子是幸福的，可以創作童話的人也是幸福的，我也這樣覺得。

另外，我希望作家寫給中低年級小學生閱讀的童話不要有太多艱難的形容詞跟名詞，雖然可以學習到比較高級的用詞也是閱讀的好處，但是艱深的用詞會阻撓小讀者去進入跟感受情節。

決選會議的前一週，我很慎重的把所有手邊的童話拿出來排序，挑出了心目中的前二十名，到了會議的前一晚，我再篩選到剩下十二名，用鉛筆親手寫下一——十二名的名單，準備隔天好好來爭取入選。結果，第一輪討論之後，我的排名全軍覆沒，真是傷心。但後來再進行第二次討論的時候，我排名的童話有六篇入選，總算比較釋懷，但過程中也學會要尊重多數的決定跟共同討論後的結果，可見我說服人的能力還需要多多加強。

我選擇的故事都比較屬於動物或小男生為主角、情節單純跟結局快樂的，兩位小主編哥哥姐姐都開玩笑說：「愷濬年紀比較小，寓意太深的他都不喜歡啦！」但我覺得讀完故事有開心的感覺，對我來說才是一篇很棒的童話。至於寓意的部分，就等我明年再重讀一次感受看看吧。

這次選出的童話，類型都非常不同，我真的覺得每一篇都非常精彩，希望大家會喜歡我們推薦的這些童話，說不定，你讀著讀著會跟我一樣不小心變成某些童話故事作家的粉絲，一起來感受童話的魔力吧！

小主編的話2

與夥伴共讀童話的難忘回憶

林昀臻

上小學前，爸媽常買很多的童書、圖書或繪本給我看，常說多閱讀能增進我對文字的理解和語言表達上的能力，但小時候我應該不懂這些意思，純粹只是喜歡看著圖畫和似懂非懂的文字，然後從聽故事的小小孩，變成講故事給弟弟們聽的大小孩。但上小學後因為需要更多時間在學業上，閱讀課外書籍的時間也變少了。所以聽到招募小主編的消息時，我很開心的決定爭取這個機會，重拾閱讀童話的幸福感。很慶幸這一年接觸了很多很棒的童話，也認識一起閱讀的同伴，感覺真的很充實。

除了滿滿的收穫之外，我更清楚知道童話的內涵是什麼，也豐富了我的想像力。童話作品給了我生活中各方面的靈感，喜歡的童話會細細咀嚼再分享給同學朋友，讓更多人認識有趣的好作品。最重要的是讓我的腦袋裡，除了3C產品，還留有一塊自幼兒時一起成長的童話園地。

感謝出版社提供寶貴的小主編機會，我才能在一年中鑑賞到數百篇的童話作品，相信對我而言，這個不一樣的「童」年，會是我畢生難忘的一個回憶。

「怎樣才是好童話？」雖然答案因人而異，但我的觀點是必須具備下面三個要素：第一是童趣、第二是想像、第三是好結局。

既然是小朋友閱讀的故事，那就不是大人的沉重話題。所以第一要素是要有純真的情感與幽默的趣味，可以溫馨感人；可以捧腹大笑；也可以驚奇連連。而無趣的題材，就可能沒有閱讀下去的吸引力。第二要素是要充滿想像，想像力就像是織夢的工具，把有童趣的題材，不斷的擴大織成一部華麗豐富的故事，讓讀者優遊其中。第三要素則是需要一個美好的結局。這意思不是一定得王子公主過著幸福快樂的日子，而像是在一頓美食之後，有著甜點作為句點的感覺。讓人滿足又回味；感動之餘又心裡溫暖。簡單的說，有好結局意思是故事應要能產生回響。這才是我心中對一部好童話的想法。

我喜歡有刺激的過程，以及圓滿、溫暖結局的童話。因此童話含有「超現實」的要素便會很吸引我，因為超現實的內容常充滿無邊的奇幻想像。我也喜歡古代童話。因為除了有時空的歷史氣氛外，刻畫的情感似乎更為細膩溫暖。而因為兒童心理都還沒成熟，有些事還無法判斷，負面黑暗的內容，就不適宜作為童話題材。另外，內容有過於艱深的文句或知識，也容易讓讀者失去閱讀的興趣，這些要素應該盡量避免。

跟著閱讀夥伴愷濬與亮介共讀一整年的精采童話，我發現自己跟愷濬的想法總是有點差別。主要是因為年齡的關係吧！決選會議時，很多愷濬喜歡的作品都被淘汰了，不禁讓人覺得有點可惜。我喜歡的作品入選機率不高也不低，容易入選可能是因為我跟亮介年齡差不多，相對有共識的童話就比較多一點。而我推薦沒入選的部分，也可能是因為亮介跟愷濬是男生，他們倆有共識的童話也不少。這樣的結果似乎可以推論年齡與性別確實在不同屬性作品上也會呈現不同的選擇。

大家都盡力在為自己喜歡的作品拉票，嘗試說服其他人支持自己喜歡的作品。亮介總是能把故事解釋得很有趣，大家很容易被他說服了。入選名單裡的〈月亮妖精〉是我最喜歡的童話，起初亮介跟愷濬好像沒什麼感覺，但很多作品中內斂含蓄的感覺難以形容，我盡力的想告訴他們〈月亮妖精〉的特色，卻發現表達不出來，瞬間變成「只能意會，不可言傳」一的窘況，最後在盡了我三寸不爛之舌的狂熱推薦之下，總算獲得大家的共識，讓這篇作品成功入選了！

我們今年閱讀的童話，從一開始就已經有經過兒童報章雜誌，與其他專業出版社的嚴格把關篩選，到下半年甚至出現許多精采的文學獎獲獎作品，加上不同的人喜歡的童話風格也會不同，應該尊重團隊成員的想法。因此我認為不管是我，還是其他兩位小主編決定推薦的童話，每一篇都是最棒的！

總之，閱讀童話是很有趣的事，專注於有趣的事是快樂的。感謝和敬佩那些童話創作者，付出他們的心力和想像，創作出陪伴大家的故事，讓我們心靈很充實，也從中學到童話傳達的善良和平、積極樂觀的精神。

小主編的話3

讓我「認識自己」的好童話

阮亮介

因為擔任小主編——這個我人生中的第一份有頭銜的「工作」，二〇二二這一年突然很不一樣。我小學就讀日本人學校，所以透過定期的大量閱讀，除了讓我精進了中文能力，也讓我接觸更有關台灣文化和增廣世界見聞。

一開始我其實不知道自己有什麼童話觀，覺得看童話故事就是一篇篇閱讀的過程，故事就只有分好看和不好看。可是後來開會討論時，主編老師會問我：喜歡，那是為什麼？覺得不好看，又是為什麼？我才會開始去整理自己的想法，也因此發現更多故事裡面細節的地方。閱讀這些童話不只是閱讀而已，變成我認識自己，試著表達自己想法的一個機會。而且看過的那些童話，如果覺得很棒，還會狂熱的試著想說服其他小主編，就像擁護自己喜歡的選手一樣。而且經過討論，印象越來越深刻，我想這一年看過這些精采的童話故事，應該我一輩子都會記得。

看一篇童話故事，我覺得當然一定要好看。而好看的童話關係到很多要素，但是最基本的我覺得就是不能有錯字，或者弄混了主角的名字。那樣感覺很不用心，也會因此看不懂。看不懂的故事就絕對不會是有趣的故事。

因為要吸引小讀者進入故事中，文筆必須流暢才能引人入勝，還要有對話、有趣有創意的情節、出人意料的結局。我覺得結局非常重要。如果結局寫得很匆促、索然無味或者不合理，甚至看完之後覺得心情不好，之前給的評價就會一直降低。

另外對我個人來說很重要的，就是故事要有比較正面的意義。最好不要有殺人打人騙人等等的情節。如果故事中有某個人物做了壞事，例如行為偏差、說謊或罵人，最後的結局還是要認識到自己的錯才好。如果一篇童話中有善良的心、公平正義和溫馨的結局，會比較容易感動我。

就好像每個人都有自己喜歡的花，每個小讀者都有自己喜歡的童話；這些被刊載出來的童話也是各有很棒的特色！就我個人的選擇上會有幾點小建議：

1. 有些作品主題是關於台灣的傳統文化，例如神明的介紹、台灣固有動植物或原住民的文化，雖然很有趣但最好不要只是介紹，可以利用它們的特色延伸出故事情節，這樣會更有趣，也可以因此讓小讀者更加認識台灣，增加知識。

2.有關動物的故事還是不要有刻板印象比較好，例如寫到狐狸就一定是陰險的，這樣牠們永遠無法洗刷真的很可憐。

3.如果故事一開頭就是很長很細的描寫優美景色，雖然可能會得文學獎，但其實讀者可能會看得有點累。因為也不是課本，我覺得也不要太多文字遊戲或者成語連篇。

4.童話多半以小朋友的視角來寫，這時主角的心情描寫以及語氣，如果是會讓小讀者對照到自己的日常生活，能夠引起共鳴的就會很生動。說起來，童話故事的作者們都是大人，他們卻能夠這麼了解小朋友們的心情，我覺得真是太厲害了！

決選會議之前在網路平台票選的時候，我感覺我們三位小主編都很有默契，看到不夠精采的童話大家常常意見一致。可是到了決選的時候，意見出現分歧，其中兩個人超推的童話，常常被第三個人否定。我也發現到了決選的時候我的選擇有了變化。之前自己覺得滿有趣很可愛的文章，我會變成以編書的角度來思考，會重新考慮這篇作品值不值得放入書中分享給全國小讀者。所以如果只是單純熱鬧的故事情節，或者格局太小或太過短篇，或者沒有什麼獨特創意；總之讓人讀後不能回味再三的，我就會覺得不適合放入名單中。而且考慮的條件也增加，會盡量朝最安全比較不會引起問題的方向思考，還有童話要有讓人感覺很酷的元素。

可是遇到僵持不下時，我也會試著採納其他人的意見，畢竟這本書不是我一個人的責任，並不是要編一本「亮介喜歡的童話書」，相信別的小主編會如此喜愛的作品，一定也會得到有些小讀者的共鳴。正因為小主編年齡不一樣性別不一樣，才會讓這本書更加多元更有趣，在這個過程裡也無形中讓我增進了溝通、妥協與尊重他人意見的能力。主編老師真是用心良苦啊！

不過最真心感謝的是——為兒童們創作出這麼多有趣故事的所有作家們，謝謝您們！

附錄

二〇二一年童話紀事

整理／謝鴻文

一月

・十六日，林鍾隆兒童文學推廣工作室公布「二〇二一年台灣兒童文學佳作」推薦書單，童話入選有《山櫻花精靈》（文／陳素宜，圖／曹俊彥）、《妙妙聯合國》（文／周姚萍，圖／楊麗玲），其餘入選有《蜂鳥與謊言》（文／林滿秋，圖／蔡豫寧）、《明日少女俱樂部》（文／賴曉珍，圖／六十九）、《妙妙聯合國》（文／周姚萍，圖／楊麗玲）、《跟著老爺爺的味道走》（文／劉碧玲，圖／吳嘉鴻）、《我的粉蠟筆》（文圖／許智偉）、《奶奶們的比基尼》（文／彭素華，圖／達姆）、《小紅花》（文圖／安哲）、《叩叩叩！你在家嗎？》（文／林世仁，圖／趙國宗）、《從前從前，火車來到小島》（文圖／黃一文）。

・十九日，中華民國兒童文學學會和萬卷樓圖書公司，於台北天成大飯店舉辦《林文寶兒童文學著作集》的新書發表會。林文寶教授被譽為「台灣兒童文學的傳教士」，開拓台灣的兒童文學學術研究功不可沒。萬卷樓耗時十年整備，先行編輯出版《林文寶兒童文學著作集》兩輯十八冊，《林文寶兒童文學著作集》（第一輯）：文論編，收錄有：《兒童文學論集（一）》、《兒童文學論集（二）》、《兒童文學論集（三）》、《兒童文學論集（四）》、《兒童文學論集（五）》、《兒童文學與語文教育（一）》、《兒童文學與語文教育（二）》、《兒童文學與詩歌》、《兒童文學的另類書寫》、《另一種觀看兒童文學的方式》；《林文寶兒童文學著作集》（第二輯）：書目編，收錄有：《兒童文學與書目（一）》、《兒童文學與書目（二）》、《兒童文學與書目（三）》、《兒童文學與書目（四）》、《兒童文學與書目（五）》、《兒童文學與閱讀（一）》、《兒童文學與閱讀（二）》、《兒童文學與閱讀（三）》。

其餘月份紀事請到以下連結觀看

九歌童話選 26

九歌一一一年童話選：
解封想像輕旅行，啟程吧！悠遊「魔奇心宇宙」
Collected Fairy Stories 2022

國家圖書館出版品預行編目（CIP）資料

九歌童話選．一一一年：解封想像輕旅行，啟程吧！悠遊「魔奇心宇宙」/ 張桂娥主編；李月玲，吳嘉鴻，劉彤渲圖．-- 初版．-- 臺北市：九歌出版社有限公司，2023.03

面；　公分．--（九歌童話選；26）

ISBN 978-986-450-540-1（平裝）

863.596　　　　112001195

主　　編──張桂娥、游愷濬、林昀臻、阮亮介
插　　畫──李月玲、吳嘉鴻、劉彤渲
執行編輯──鍾欣純
創 辦 人──蔡文甫
發 行 人──蔡澤玉
出　　版──九歌出版社有限公司
台北市 105 八德路 3 段 12 巷 57 弄 40 號
電話／02-25776564・傳真／02-25789205
郵政劃撥／0112295-1

九歌文學網　www.chiuko.com.tw

印　　刷──晨捷印製股份有限公司
法律顧問──龍躍天律師・蕭雄淋律師・董安丹律師
初　　版──2023 年 3 月
定　　價──300 元
書　　號──0172026
I S B N──978-986-450-540-1
9789864505470（PDF）

本書榮獲 台北市文化局 Department of Cultural Affairs Taipei City Government 贊助出版